Ralf Kramp

Starker Abgang

Kriminelle Kurzgeschichten

KBV

Originalausgabe

www.kbv-verlag.de
E-Mail: info@kbv-verlag.de
Telefon: 0 65 93 - 998 96-0
Fax: 0 65 93 - 998 96-20
Umschlagillustration: Ralf Kramp
Druck: Aalexx Buchproduktion GmbH, Großburgwedel
Printed in Germany
ISBN 978-3-942446-59-4

Für Tatjana.
Und bringense noch zwei Gin Tonic, bitte!

Inhaltsangabe

Das letzte Süppchen

Der Küchenchef baute sich in voller Größe am Tisch auf, und seine Augen funkelten zu ihnen hinunter. Das Kerzenlicht ließ einen flackernden Schein über sein Gesicht tanzen.

»Und was, bitteschön, soll mit der Suppe nicht in Ordnung sein?« Seine dumpf drohende Stimme ließ keinen Zweifel daran, dass Kritik an seinen Speisen bei ihm alles andere als Wohlgefallen auslöste.

»Meiner Freundin Margot ist schlecht davon geworden«, sagte die faltige kleine Frau mit dünner Stimme. »Sie hat nur den halben Teller gegessen, und jetzt ist ihr übel.« Ihr dürrer Finger wies zitternd über den Tisch. Ihr gegenüber saß eine ebenfalls verschrumpelte Greisin mit zitterndem Doppelkinn und tupfte sich fortwährend über die zerfurchte Stirn. »Irgendwas ist da drin gewesen«, krächzte sie. »Etwas, was da nicht hineingehört! Eugenie hat auch davon probiert und ist auch der Meinung, dass da was drin ist, was nicht reingehört.«

Eugenie nickte so heftig, dass die große Hornbrille auf ihrer Nase wippte. »Schmeckt ganz komisch. Ganz seltsam, so … bitter …«

»Auch ein bisschen sauer!«, maulte Margot. »Und scharf.«

Hinter den dicken Brillengläsern richtete Eugenie ihre wässrigen Augen nach oben auf das Antlitz des Kochs. »Sie wollen uns doch nicht vergiften, oder?«

Der schürzte einen Moment lang die Lippen, grinste dann breit und fischte einen Löffel aus dem neben ihm auf einer Kommode stehenden Besteckkasten. Dann tauchte er ihn in die Suppe, die zur Hälfte in Margots Teller geblieben war und führte ihn langsam zum Mund. Er schmatzte und schnalzte mit der Zunge und rollte nachdenklich die Augen gen Decke.

»Und?«, zeterte Eugenie. »Schmecken Sie's? Da ist irgendwas drin!«

Für einen Moment legte sich Stille über den kleinen, etwas abseits stehenden Restauranttisch. Dann beugte der Koch seinen massigen Oberkörper nach vorne, stützte sich mit beiden Händen auf dem Tisch ab, senkte den Kopf noch weiter nach unten, so dass der Speck in seinem ausrasierten Nacken sich zu Wülsten rollte. Mit gefährlich schnurrender Stimme sagte er so leise, dass es keiner der anderen Gäste hören konnte: »Da ist Sellerie drin. Und Karotten. Beides in feinen Juliennestreifen. Lauch und Petersilie sind drin. Da ist auch Knochenbrühe drin und der Sud einer gebräunten Zwiebel. Lorbeerblatt, Liebstöckel und köstlicher Eierstich, und ... ja, genau, ihr habt's erraten, ihr beiden Hübschen ... ein bisschen Gift.«

Auf Eugenies und Margots knittrigen Gesichtern malte sich das schiere Entsetzen ab. »Sie meinen ...« Margot schrak zusammen. Eugenie schnappte nach Luft.

Der Koch nickte bedächtig, und ein irres Grinsen stahl sich auf sein Gesicht. »Ganz genau, Gift. In beiden Suppen. Noch ehe ihr beiden Schachteln heute Abend eure dritten Zähne ins Glas tauchen könnt, wird sich das Zeug durch eure ausgeleierten Organe fressen. Es wird euch aus den Stützstrümpfen hauen, das verspreche ich euch. Das war eure Henkersmahlzeit, Mädels, euer letztes Süppchen! Versprochen, spätesten in einer Stunde gebt ihr zwei endgültig den Löffel ab, dann zerfallt ihr zwei klapprigen Gestalten in eure rostigen Einzelteile!«

Er richtete sich langsam wieder auf und strahlte sie an. Seine beiden Daumen hängte er in die seinen feisten Körper umspannende Schürze ein.

Die beiden alten Damen vor ihm am Tisch zitterten am ganzen Leib.

Und schließlich raunzte er: »Kleiner Scherz, Mädels. Und jetzt zieht Leine. Solche wie euch kenne ich. Wollt euch ums Bezahlen drücken, weil angeblich was mit dem Essen nicht stimmt. Los, raus mit euch! Ich will euch hier nie mehr sehen!«

Während Eugenie und Margot eine knappe Viertelstunde später kichernd und prustend in ein Taxi stiegen, wurde derweil dem Koch, der sich gerade der Einkaufsliste für den nächsten Tag widmen wollte, übel. Als gerade Margot mit schriller Stimme rief: »Eugenie, das war ein solcher Spaß! Das machen wir nächste Woche gleich noch mal!«, taumelte er bereits röchelnd durch die Restaurantküche, und während viele Kilometer entfernt Eugenie ihr Giftfläschchen inspizierte, um zu prüfen, wie oft sie ihren kleinen Streich noch durchführen konnten, fiel er mit dem Gesicht in ein besonders köstliches Dessert und war tot.

Der Entenmann

»Love the ducks!«
(Carl Barks)

Käfer schüttelt matt den Kopf, seine Lider flackern hinter den Gläsern seiner zierlichen Brille. »Wir hätten damit rechnen müssen.«

Schremp wirft protestierend die Arme in die Luft. »Das konnten wir nicht. Mein Gott, das konnte doch niemand ahnen!«

Die beiden Männer sitzen zusammengesunken an dem Tisch mit der grauen Kunststoffoberfläche und haben den Blick gesenkt. Sie haben alles gestanden, es hat keinen Versuch gegeben, etwas zu vertuschen oder zu leugnen.

Schremp streicht sich mit der Hand über die hohe Stirn. Sein Mund ist verkniffen. »Es fing alles an wie immer. Wir waren schon so oft in Velen. Es hätte alles so ablaufen können wie immer.«

»Wie immer, wie immer … Nichts war wie immer.« Käfer fixiert seinen Kompagnon mit starrem Blick. »Von Anfang an war der Wurm drin.«

Schremp will etwas einwenden, zögert, und dann nickt er langsam. Er weiß, dass Käfer Recht hat. Von Anfang an war der Wurm drin gewesen.

* * *

Luc Torgau blickte an seinen Beinen hinunter. Dämlicher ging's wohl kaum. Knickerbocker und karierte Strümpfe. Die wurden wirklich immer einfallsloser. Sie hatten ihm eine abgeschabte Tweedjacke verpasst und ein albernes Hütchen. Eine Enten-Lockpfeife und ein Fernglas. Das war ja so was von klischeehaft! Er hielt die beiden ohnehin nicht für große Leuchten, aber das hier …

Torgau bummelte vor der Brücke herum, die über den Wassergraben geradewegs auf das Schloss zu führte. Irgendwo dort im ersten Stock tagte eine vierzigköpfige Gruppe von Mitarbeitern einer Pharmafirma. Zumindest glaubten sie, dass sie bei einer Tagung zu Gast waren. Sie würden es vielleicht zehn Minuten lang glauben, und dann würde plötzlich der Schuss fallen. Ein Schuss durchs offene Fenster, und der angebliche Referent würde mit einem schlecht gespielten Stöhnen zusammenbrechen. Torgau guckte auf die Uhr. Viertel vor Zehn. Noch eine halbe Stunde etwa. Ach, die Uhr sollte er ja ausziehen. Sie hatten ihm eine Taschenuhr gegeben. Taschenuhr! Zum Glück hatten sie nicht verlangt, dass er wieder die blöde Nickelbrille aufsetzte.

»He, Luc!« Schremp eilte über die Brücke auf ihn zu. »Hier, die Nickelbrille.«

»Nee, nicht die Nickel …«

»Muss sein. Du weißt, wo du hinmusst?«

Torgau nickte und setzte die Brille auf, deren metallene Bügel sich ihm in die Schläfen gruben. »Am Wassergraben hinterm Schloss.«

»Aber so, dass sie dich gleich sehen.«

»So, dass sie mich gleich sehen, klar. Hör mal, diese Brille muss ich die wirklich …«

»Muss sein.« Schremp schob ihn linkerhand in Richtung Orangerie. »Da vorne rechts und dann hinten rum.«

»Ich weiß.«

»Du weißt, was du zu sagen hast?«

»Ich beobachte Enten.«

»Und was noch?«

»Der tote Referent schuldete dem Mann vom Golfplatz Geld.«

»Wieviel Geld?«

»So um die zehntausend.«

»Zwölftausend!«, rief Schremp unbeherrscht. »Exakt zwölftausend, hörst du? Es muss genau diese Summe sein, da sie auf den Kontoauszügen auftaucht. Der Referent schuldete dem Golfplatzmann mit den Initialen J. F. S. zwölftausend Euro!«

Torgau nickte zögernd, wie ein Kind, dem man versucht, die Gesetze der Mengenlehre einzutrichtern. »Und was noch?«

»Nichts.«

»Nichts sonst? Kannte ich den Referenten? Wohne ich vielleicht Wand an Wand mit ihm im Hotel? Ich könnte vielleicht gestern Abend ein Bierchen mit ihm an der Bar getrunken haben, und dabei das ein oder andere ...«

»Nein!« Schremps Ton nahm an Schärfe zu. »Du bist der Entenmann. Du beobachtest Enten und sonst nichts.«

»Bin ich verdächtig?«

»Nein.«

»Kein kleines bisschen?«

»Nein! Geh jetzt Enten beobachten. Gleich fällt der Schuss, und dann muss ich oben sein.« In diesem Moment spielte Schremps Handy die Tatort-Melodie. »Bin gleich bei dir«, blaffte er in den Apparat. »Jaja, ich weiß, dass es jetzt gleich losgeht. Aber ich muss hier unbedingt noch mit einem gewissen Herrn seine Rolle diskutieren.«

»Es ist gar keine richtige Rolle«, maulte Torgau leise.

»Was?« Schremps Augen funkelten ihn an.

»Ich habe ja gar nichts zu sagen. Die Brille tut weh, und ich mag auch überhaupt keine Enten.«

Schremp hielt ihm die Lockpfeife vor die Nase, die an einer Schnur um seinen Hals baumelte. »Du sollst keinen Sex mit ihnen haben, du sollst sie beobachten. Be – o – bach – ten!« Der Stoß, den Schremp ihm in diesem Moment gab, war heftiger als vorhin. »Und jetzt zieh Leine und mach deinen Job!«

Dann eilte er über die Brücke zurück zum Schloss, dessen efeubewachsene Mauern in der Morgensonne smaragdfarben strahlten.

Das Sportschloss Velen war schon häufig Schauplatz der Krimi-Events der »Agentur Heiße Spur« aus Köln gewesen. Im feudalen Ambiente des münsterländischen Wasserschlosses hatten Käfer und Schremp einen Schauplatz gefunden, der ausreichend viele Anknüpfungspunkte bot, um ihre kriminalistischen Schnitzeljagden zu inszenieren. Torgau hielt ihre Storys gelinde gesagt für ziemlichen Humbug, aber er war von Anfang an dabei gewesen. Begonnen hatte er damals als charismatischer Bösewicht. Ein gewissenloser Mörder war er gewesen, der kaltblütig den Referenten erschoss, weil er damit gedroht hatte, seine finsteren Machenschaften aufzudecken. Er hatte am Ende des Tages in der Orangerie ein Geständnis hingelegt, das Maßstäbe gesetzt hatte. Mit echten Tränen, markerschütterndem Gebrüll und einem gespielten Handgemenge, bei dem ein Stuhl und der Videobeamer zu Bruch gegangen waren, hatte er bei der Auflösung die Spannung zum Höhepunkt gepeitscht. Etwa ein Dutzend Mal hatte er im Laufe der Zeit diese glänzende Vorstellung gegeben und jedes Mal noch ein Pfund draufgelegt.

Dann hatte es Änderungen gegeben. Käfer oder Schremp, einer von beiden war bei einem neuen Fall auf die Idee gekommen, ihn nur als Zeugen einzusetzen. Das hatte ihn zwar um seinen Auftritt beim Schlussverhör gebracht, hatte ihm aber die Möglichkeit geboten, tagsüber als zwielichtiger Gärtner zu glänzen. Er hatte sich einen schleppenden Gang und einen Sprachfehler zugelegt und hatte den Tagungsteilnehmern, die als sogenannte Ermittler durch den kruden Kriminalfall stolperten und Indizien und Aussagen sammelten, regelrecht Angst eingeflößt, das hatte er gespürt.

Dann war er irgendwann in einer kleineren Rolle als polnischer Autodieb besetzt worden. Sein Akzent war besser gewesen als der eines echten Polen! Das hatten ihm alle bescheinigt! Seine Zeugenaussage hatte die Ermittler gefesselt, hatte sie verdorben für den Rest des mittelmäßigen Laienschauspielensembles.

Im letzten Jahr dann war er nur ein Postbote gewesen, der eine Paketbombe ablieferte und damit für große Aufregung sorgte. Aber auch aus seinem Kurzauftritt hatte er ein Kabinettstückchen gemacht, das den Teilnehmern mit Sicherheit noch lange im Gedächtnis haften geblieben war.

Und jetzt … der Entenmann. Ein simpler Tippgeber. Eine völlig unwichtige Randfigur. Was für ein Abstieg. Die hatten doch keine Ahnung.

Er stapfte missmutig an der Südseite des Schlosses entlang auf den Platz zu, den Schremp ihm zugewiesen hatte. Zur Linken lag der Golfplatz, da irgendwo war Katharina postiert worden. Als Nonne, die in Wirklichkeit eine Prostituierte namens Lola war. Aber das durfte er nicht wissen und auch nicht erzählen. Und dahinter lag der Tiergarten. Dort hatten sie diesmal Christian als Golfplatzwart in der Fasanerie an einen Tisch gesetzt. In einer Uniform des Schützenvereins Gescher! Da müsste ihm mal einer erklären, wozu das gut sein sollte.

Es knallte plötzlich laut, und ein paar Enten wurden aufgeschreckt. Heiner, der bei diesem Fall einen Kapitän mit Augenklappe auf Landgang spielte und außerdem der Mörder war, hatte geschossen, das Spiel ging endlich los.

Torgau bezog seufzend Stellung und atmete tief durch. Er betrachtete angewidert die Tiere, die den Schlossgraben bevölkerten. Entenmann … das war die reine Schikane. Trotzdem würde er sein Bestes geben.

Es dauerte nur etwa eine Viertelstunde, bis die erste Gruppe der Pharmatypen auftauchte. Sie kicherten enthemmt und zeigten sich gegenseitig ihre Polizeiausweise. Als sie ihn entdeckten, rief einer von ihnen: »Der da sieht aber sehr verdächtig aus!«

Tu ich gar nicht, dachte Torgau. Ich sehe doof aus. Ich bin der Entenmann.

»Wir sind die Gruppe *Derrick*. Da ist vorhin ein Mann erschossen worden«, sagte ein rothaariger Dicker mit wichtigem Tonfall. »Haben Sie irgendwas bemerkt?«

Falsche Frage, dachte Torgau. Ihr lausigen Ermittler. Wie soll ich dabei mit dem Geld rausrücken, das der Referent dem Golfplatzwart schuldete? »Nein, nichts mitgekriegt«, sagte Torgau knapp. »Ich beobachte nur die Enten.«

»Der Tote hatte einen Zettel in der Tasche, auf dem stand was von Geld.« Die kleine blonde Frau mit der dicken Brille hatte offenbar mehr drauf. »Und die Initialen J. F. S.«

Torgau legte die Stirn in Falten. »J. F. S., J. F. S., J. F. S., könnte Johannes-Friedrich Stehnmanns sein, der hiesige Golfplatzwart.« Torgau wollte nicht lange fackeln. Er hatte keine Lust. Je schneller das vorbei war, umso besser. »Der verlieh öfters Geld.« Er schickte gleich hinterher: »Meistens zwölftausend.« Völlig sinnfrei, aber zielgerichtet.

Die Augen der Ermittler leuchteten. Die erste Information! Sie hatten Blut geleckt.

Als sie weiterzogen, quakte er ein paar Mal unmotiviert mit der Lockpfeife herum.

Keine zehn Minuten später kam das nächste Trüppchen. Käfer hatte acht Fünfergruppen angekündigt.

»Gruppe *Großstadtrevier*. Halt, Sie sind verhaftet«, rief eine stark geschminkte Schwarzhaarige und lachte meckernd. Torgau unterdrückte ein Gähnen. Er sagte: »J. F. S. könnte die

Abkürzung von Johannes-Friedrich Stehnmanns sein. Golfplatzwart. Verleiht Geld. Raten Sie mal, wie viel.«

»Tausend?«, schätzte ein Schlechtrasierter im Polohemd aufs Geratewohl.

»Zwölftausend.« Torgau quakte mit der Lockpfeife. »Hat er dem Referenten übrigens auch geliehen, die Summe.«

»Der Referent? Der ist vor einer halben Stunde vor unseren Augen …«

»Erschossen worden. Hab ich gehört.«

Verwirrt notierten die Mitglieder der fünfköpfigen Gruppe *Großstadtrevier* die Ermittlungsergebnisse auf ihren Blöckchen und stolperten weiter.

Ein bunter Erpel watschelte auf Torgau zu und durchpflügte mit dem Schnabel das Gras zu seinen Füßen.

»Verzieh dich. Sonst mach ich Nummer einundzwanzig süßsauer aus dir!«

Eine weitere Gruppe trabte heran. Die Gruppe *Matula*.

»Halt! Sie sind umzingelt!«, witzelte ein kahlköpfiger Hüne.

Torgau versuchte es noch minimalistischer als vorhin: »Zwölftausend.«

Ratlose Gesichter.

»Zwölftausend schuldete euer Referent diesem Johannes-Friedrich Stehnmanns. J. F. S., Golfplatzwart.«

Sie hielten die neuen Fakten auf Papier fest und entfernten sich verunsichert. Ging doch zügig. Keine unnötigen Fragen, keine weitschweifigen Antworten.

»He!« Auf der Caféterrasse des Schlosses auf der anderen Seite des Wassergrabens saßen um diese Zeit nur ein paar vereinzelte Gäste. »He! He, Luc!« Käfer fuchtelte wie wild in der Luft rum.

Erwischt.

»Ich hab alles mit angehört! Was soll das, du Idiot? Nennst du das eine Zeugenaussage?« Er versuchte, nicht vor Wut laut loszuschreien.

Torgau biss sich auf die Unterlippe. Mist. Das würde ihm Käfer so schnell nicht verzeihen. Er rief beschwichtigend: »Ich hab alles gesagt. Referent … zwölftausend … Golfplatzwart. Mehr hab ich ja nicht.«

»Bist du völlig plemplem? Spiel jetzt gefälligst ordentlich, sonst … sonst …« Die Stimme am anderen Ufer überschlug sich.

Die nächste Gruppe rückte an, und Käfer stahl sich über die Terrasse davon. Nicht ohne Torgau vorher noch die geballte Faust zu zeigen.

»Stehen bleiben, oder wir schießen!« Ein Mann mit Basecap schwenkte den Polizeiausweis. Gruppe *Bella Block*.

Torgau linste verunsichert zur Terrasse. Käfer war nicht mehr zu sehen, aber wer konnte schon wissen, wo sich die beiden herumtrieben. Jetzt kontrollierten sie ihn also schon.

»Was machen Sie hier?«, fragte der Anführer der Gruppe.

»Ich beobachte Enten.« Torgau quakte ein bisschen. Ein paar der gefiederten Tiere betrachteten das offenbar als Aufforderung und näherten sich ihm leise rätschend.

»Darf ich mal Ihren Namen haben?«, forderte eine dicke Frau im Hosenanzug.

Ja, wie hieß er denn eigentlich? War das überhaupt besprochen worden? Er war der Entenmann. Wie hieß denn so ein Entenmann?

»Josef … Josef Franz Schm … Schm … Schmatzinsky«, entfuhr es ihm, ohne dass er darüber nachgedacht hatte.

»J. F. S.!«, jubelte die Frau. »Sie haben unseren Referenten gekannt, geben Sie's zu.«

»Äh, nun …« Torgau ließ den Blick schweifen. War einer seiner Chefs zu sehen? »Nun ja, er hat sich Geld geliehen«, murmelte er unsicher.

»Bei Ihnen?«

»Nein«, beeilte sich Torgau zu sagen. »Neinein!« Die Enten umrundeten ihn und die kleine Gruppe. Das machte ihn alles sehr nervös. »Nicht bei mir, sondern bei …« Er entdeckte in diesem Augenblick Schremp, der sich unauffällig von links näherte. »… bei der Nonne …«

»Bei der Nonne? Bei welcher Nonne denn?«

Schremps Kopf war vor Wut hochrot. Torgau fummelte nervös an seinem Fernglas herum. »Naja, sie ist keine richtige Nonne, sie ist … eine polnische Taxifahrerin.«

Die Teilnehmer notierten alles gewissenhaft. Das war ja mal ein auskunftsfreudiger Zeuge. Damit kamen sie sicher schnell zum Ziel. Sie bedankten sich artig und eilten weiter.

Schremp sprang auf ihn zu und holte mit der Hand aus, als wolle er ihn ohrfeigen. »Schmatzinsky? Haben sie dir ins Gehirn geschissen?«

»Ich bin durcheinander gekommen. Die Enten …«

»Lass mich mit deinen Enten in Ruhe! Du bist raus, Torgau! Raus! Verzieh dich!«

»Aber das kannst du doch nicht machen! Ich war nur ein bisschen neben der Spur. Das ist eine prima Rolle, dieser Entenmann. So facettenreich. Und die Tiere … Ich liebe sie!« Er versuchte hektisch, eines der umherwatschelnden Geschöpfe zu packen, drückte schließlich eine flatternde Ente an seine Brust, aber Schremp wurde nur noch wütender. »Schluss, Ende, Zappenduster! Hau ab, bevor ich mich vergesse!«

Er versetzte Torgau einen Stoß, der diesen beinahe ins Wasser befördert hätte.

»Die paar Sätze von dir kann auch mühelos einer von den anderen übernehmen.«

Torgau wandte sich mit hängenden Schultern um und schlich davon. Er blickte noch einmal zurück und sah Schremps fuchtelnde Handbewegungen, mit denen dieser ihn vertreiben wollte.

Torgau seufzte tief und entfernte sich.

Es machte den Eindruck als habe er aufgegeben.

Die Gruppe *Knatterton* umrundete das Schloss und hielt Ausschau nach Verdächtigen. Aber da war niemand.

»Pst!«, machte es plötzlich im Gebüsch neben ihnen. Zu ihrer Überraschung bogen sich die Zweige auseinander und der Kopf eines Mannes mit Tweedhütchen und Nickelbrille erschien. »Ich kann Ihnen helfen«, sagte er mit einem irren Grinsen.

Interessiert lauschten sie dem, was er zu sagen hatte und machten sich eifrig Notizen. Der Golfplatzwart hatte demnach die Nonne geschwängert, die mit zwölftausend Euro zum Schweigen gebracht werden sollte und mit dem Referenten ins Ausland gehen wollte. Der komplette Schützenverein von Gescher sollte von einem Kapitän schanghait werden, damit sie über den Seeweg fliehen können. Das klang nicht unbedingt schlüssig, aber waren das Krimis denn überhaupt?

Als Käfer mit hochrotem Gesicht angelaufen kam, flüchtete Torgau durch die Büsche. Dabei quakte er mit Inbrunst auf seiner Entenlockpfeife.

Der Gruppe *Percy Stuart* lauerte der Entenmann kurz vor der Fasanerie auf, wo sie den Golfplatzwart in Schützenuniform befragen wollten.

»Vergessen Sie alles, was die Nonne und der Kapitän Ihnen gesagt haben!«, rief Torgau. »Es geht um Enten!« Er quakte ein paar Mal laut. »Enten, in denen Rauschgift über die Grenze geschmuggelt wird. Eine Botenente, die mit einem Kilo Koks im Bauch unterwegs war, sollte hier beim Schloss vom Himmel geholt werden, wobei versehentlich die Kugel den Referenten traf. Die Nonne ist in Wirklichkeit vom Mossad, und der Kapitän war vor seiner Operation die Frauenbeauftragte der Stadt Münster!«

»Torgau!!!«, schrie Schremp, der über den Waldweg angerannt kam. Er schwenkte einen Golfschläger über seinem Kopf.

Torgau machte auf dem Absatz kehrt und rief, während er flüchtete, der verdutzten Gruppe *Percy Stuart* über die Schulter hinweg zu: »Die Enten! Die Enten aufschlitzen! In irgendeiner werdet ihr den Stoff schon finden!«

Hinter der Orangerie fing er die Gruppe *Cobra 11* ab und brachte sie auf eine neue heiße Spur: »Ich bin der Einzige, der es weiß: Schremp und Käfer sind verkleidete Nonnen! Sie haben mit Hilfe des Kapitäns, der eine Schamanenausbildung in Papua Neuguinea gemacht hat, zwölftausend Enten zu gewissenlosen Killerenten umgepolt, um die Weltherrschaft an sich zu reißen. Die Nonne ist in Wirklichkeit der Schützenkönig von Gescher, und der Golfplatzmann hat damals die Hindenburg in die Luft gejagt.«

Während sich die Gruppe kopfschüttelnd entfernte, atmete Torgau tief durch. Jetzt war er richtig in Fahrt. Jetzt konnte er endlich zeigen, welch ein begnadeter Mime in ihm steckte. Er nahm Käfer und Schremp kaum wahr, die sich in diesem Augenblick von zwei Seiten langsam auf ihn zu bewegten. Der eine mit einem Golfschläger bewaffnet, der andere mit dem Kreuzschlüssel seines Volvos.

»Und?«, fragte Torgau mit stolz geschwellter Brust, als sie ihn erreicht hatten. »Wie war ich?«

* * *

»Er hat es nicht anders verdient«, murmelt Schremp. »Wir mussten die Notbremse ziehen, bevor uns der ganze Fall um die Ohren flog.«

Käfer nickt nachdrücklich. »Die Pharmaheinis waren kurz davor, völlig die Orientierung zu verlieren. Wir mussten handeln.« Er schaut auf und rückt sich die Brille zurecht. »Wir können uns doch von einem drittklassigen Knattermimen nicht das Geschäft kaputt machen lassen.«

»Fast sah es so aus, als wäre alles im Eimer.« Schremps Blick wird glasig. »Fast sah es so aus, als habe Torgau uns alles versaut.«

Käfer grinst plötzlich. »Aber da kommt plötzlich die Gruppe *Schimanski* um die Ecke und sieht uns. Alles ist voller Blut.«

Jetzt lächelt auch Schremp. Es ist ein unschuldiges, kindliches Lächeln. »Und ich sage geistesgegenwärtig: Achtung, Leute, wir haben eine weitere Leiche! Er hat eine Entenlockpfeife. Eine seltene Beinschnitzarbeit aus Asien, geschätzte zwölftausend Euro wert. Zwölftausend! Und ich sage auch noch: Er hat sich in den Schützenverein von Gescher eingeschmuggelt, weil er an den Golfplatzwart herankommen will, der als Baby der siamesische Zwilling von der Nonne war.«

Käfer jubelt. »Damit war auch schon alles wieder im Lot. Wir haben alles rasch umgestrickt, und kein Mensch hat was gemerkt. Sie wollen wissen, wie der Fall aufgelöst wurde? Nun, die Nonne, so stellte sich heraus, war die Tochter des Paten von der Chinapalast-Mafia, die sämtliche Nummer-21-Enten-süßsauer befreit hat, und den Seemann heiraten will, der hinter dem Attentat auf J. F. Kennedy steckt. Und was keiner weiß: Kennedy hieß in Wirklichkeit Schmatzinsky. J. F. S.!«

Käfer und Schremp brechen gleichzeitig in irres Gelächter aus.

Die Sache mit Gitte

Von Ralf Kramp und Jacques Berndorf

Lieber Onkel Franz,

diesen Brief schreibe ich Dir, weil ich nicht so richtig weiter weiß. Vielleicht kannst Du mir ja helfen. Da war nämlich diese Sache mit der Melkmaschine, der Gitte und der Olga.

Die Olga, das ist unsere älteste Milchkuh. So eine schwarzweiße mit einem kleinen Fleck neben dem Maul, wie Marianne Koch. Und die Gitte, das muss ich ja nicht erst sagen, das ist meine Frau. Damit wir uns nicht falsch verstehen: Ich will Dich da in nichts reinziehen, wo Du Dir doch nie was hast zu Schulden kommen lassen, aber ich brauchte halt so dringend Deinen Rat. Schließlich warst Du immer wie ein Vater zu mir.

Schade, dass Du jetzt in Berlin bist. Hier in der Eifel ist die ganze Zeit ein richtiges Scheißwetter, und da bin ich jetzt natürlich viel daheim. Ich hatte nicht den Eindruck, dass Gitte das recht ist, aber, was soll ich denn machen? Jedenfalls haben wir uns ganz schön oft in der Wolle gehabt in letzter Zeit.

Ich schlafe jetzt in der Kammer über der Toreinfahrt. Gemütlich ist das nicht. Geht aber nun mal nicht anders. Und dann kam, wie gesagt, diese Sache mit der Melkmaschine. Also eigentlich geht es darum, dass wir kein Isolierband mehr im Haus hatten, und die Geschäfte hatten auch schon zu. Die Gitte und ich, wir hatten einen Riesenkrach, weil ich ihr das falsche Shampoo aus dem Ort mitgebracht hatte. Gegen Spliss sollte ich kaufen, aber es war nur noch gegen Schuppen da. Und Schuppen hat sie doch eigentlich auch.

Als sie so mit mir rumgebrüllt hat, kam der Hans vorbei, um Milch abzuholen. Und die Gitte brüllte immer noch im Stall herum, wo sie gemolken hat. Dem Hans hab ich dann in der Küche einen Aufgesetzten ausgeschüttet, und der guckt mich an und sagt: »Der würde ich den Hals rumdrehen.«

Und dann bin ich mit seiner Milchkanne in den Stall, weil er sich da selbst nicht rein traute, und als ich in den Stall komme, da knistert es plötzlich an der Melkmaschine, und es riecht verschmort, und die Olga guckt mit einem Mal so komisch und kippt um. Und die Gitte, die hat auch ganz weit die Augen aufgerissen, und dann ist sie auch vom Schemel gefallen. Da war sie endlich still. Und natürlich mausetot.

Ich habe dem Hans dann schnell die Kanne vollgemacht, und dann ist er gefahren. Ich habe ihm nichts gesagt, sonst hätte er am Ende noch gedacht, ich hätte die Gitte auf dem Gewissen. Und jetzt stehe ich da mit der toten Kuh, und mit der toten Gitte natürlich auch. Die habe ich erst mal in die Tiefkühltruhe gelegt. Seit Tagen esse ich aufgetauten Kuchen und die acht Plastikdosen mit Gemüsesuppe, die von meinem Vierzigsten im vorigen Jahr übrig waren. Kannst Du mir vielleicht helfen?

Viele Grüße aus der Eifel,
Dein Joachim

Mein lieber Neffe!

Ich habe mich so furchtbar über Deine lieben Zeilen gefreut, dass ich beinahe geweint hätte, aber hier in Berlin hat man ja meistens zu nix Zeit. Diese Stadt ist einfach wahnsinnig, und man braucht auch nicht für jedes Aspirin zwanzig Kilometer zu fahren, oder einen ganzen Tag auf den nächsten Bus zu warten. Ja, ich weiß: Wenn man die älteste Milchkuh verliert, ist man ganz unten. Sich davon zu erholen, ist sehr, sehr schwer.

Und als meine geliebte Frau Bärbel damals zu ihrem HERRN heimging, weil sie gedacht hat, die Leiter in der Scheune steht an ihrem gewohnten Platz, da habe ich auch sehr, sehr gelitten. Nu ja, später stand die Leiter dann ja auch wieder da. Jedenfalls bin ich froh, dass sich alles so gut hat abwickeln lassen mit dem Erbe und dem Verkauf des Hofs und so. Und wie wunderbar, dass ich tatsächlich die Stelle beim Landwirtschaftsminister gekriegt habe. Ich bin an jedem Tag, an dem ich die Post von Abteilung zu Abteilung anliefere, richtig zufrieden und rundum glücklich.

Das mit der Gefriertruhe, Du weißt schon, ist ja durchaus ganz in Ordnung, jedenfalls fürs Erste. Schlecht ist nur, dass die Dinger kaputtgehen, wenn zuviel Flüssigkeit reinkommt: Dann fangen sie an zu stottern, und es haut die Sicherungen raus.

Tja, da kann ich wenig helfen, denn die Truhe steht ja nicht in Berlin, oder? Aber du warst schon immer ein heller Kopf. Mach was draus.

Es grüßt Dich
Dein Dich liebender Onkel Franz

Lieber Onkel Franz,

Kühltruhe ... stottern ... Sicherungen raus ... hätte ich auch von selbst drauf kommen können.

Bin ich aber leider nicht. Im Moment bin ich ja auch dauernd auf dem Feld. Und spät abends sehe ich dann die Bescherung, als ich nach Hause komme. Jetzt ist endgültig alles aufgetaut. Auch die Backofenfritten und der Wirsing ... und die Gitte auch wieder.

Zuerst habe ich dann allen mal erzählt, sie wäre verreist. Nach Berlin, zu Dir. Und dann habe ich mich bei Nacht und Nebel daran gemacht, den alten Misthaufen umzuschichten.

Schöner Mist.

Jetzt sieht alles aus wie immer. Gitte und ihr Koffer sind erst mal von der Bildfläche verschwunden. Du hilfst mir doch oder?

Immerhin ist sie ja unterwegs zu Dir.

Dein Joachim

P.S.: Was war das denn mit der Leiter von Tante Bärbel? Ich habe mal an der Theke rundgefragt. Das wusste ja gar keiner. Nicht einmal der Hübi, der in Daun bei der Polizei ist. Der fand das zwar interessant, aber ich konnt ihm ja auch nix Genaues erzählen.

Mein lieber Neffe!

Also, ich glaube, Du hast sie nicht mehr alle! Du kannst doch nicht über Deine Tante Bärbel an der Theke labern, wo Du doch nicht die geringste Ahnung hast, was damals passiert ist! Da ist überhaupt gar nichts faul dran, da lege ich aber Wert drauf. Das mit der Leiter war ein astreiner Unfall! Meine Güte, und Du redest dadrüber, wo der Hübi von den Bullen dabei ist, das kannst Du doch nicht machen!

Und gerade jetzt habe ich das wichtigste Amt in dem Betrieb hier. Unser Staatssekretär will nämlich jeden Tag fünf Flachmänner von mir, weil seine Ehefrau in der Oberpfalz seit sechs Monaten mit dem Besitzer eines Ponyhofs pennt. Ich erledige hier alles. Auf mich ist Verlass!

Also das mit der Tante Bärbel war so, dass bei uns die Hühner immer in der Scheune waren und die Eier oben ins Heu gelegt haben. Und die Tante Bärbel ist ja jeden Morgen Punkt sieben auf den Heuboden geklettert, um die Eier einzusammeln. Und dann ist sie im Heu runtergerutscht, bis sie auf die Leiter traf. Aber da war keine Leiter an dem Morgen. Und die Beerdigung war ja auch einsame Klasse.

Es grüßt Dich ganz herzlich
Dein Onkel Franz

P.S.: Das mit dem Misthaufen finde ich gut. Jetzt komm bloß nicht auf die Idee, den Betrieb aufzugeben und Manni Hermes von nebenan zu bitten, den ganzen Mist wegzufahren. Keine Eile! Ein paar Tage kann Gitte ja auch zu mir unterwegs sein.

Lieber Onkel Franz,

das mit dem Misthaufen war mir dann doch zu heikel. Also habe ich sie wieder rausgeholt.

Schön war das nicht. Jetzt ist sie ganz woanders, und ich versuche zu vergessen, wo. Klappt schon ein bisschen, ich vergesse ja sowieso immer alles sehr schnell.

Vorgestern war Hübi bei mir. In Uniform. Mit einem Kollegen. Und dann kamen noch zwei von der Kripo. Zuerst war ich natürlich unglaublich erschrocken, weil ich dachte, die kommen wegen Gitte.

Aber die wollten wohl nur ein bisschen klönen. Und nach Dir und Tante Bärbel haben sie gefragt. Nett, oder? Aber da Dir das unangenehm zu sein scheint, wenn ich darüber rede, habe ich sie beruhigt und erklärt, dass Du hinterher ... also, als die Tante Bärbel schon tot war ... dass Du da ganz ordentlich die Leiter wieder hingestellt hast. Da haben sie richtig zufrieden geguckt und sich zugenickt. Ich glaube, die waren auch froh, dass alles so harmlos war.

Dann hat Hübi aber doch noch nach der Gitte gefragt, und ich habe ihm erklärt, dass sie mich erst vor zwanzig Minuten aus Deiner Wohnung in Berlin angerufen hat und mich gebeten hat, ihr noch das blauweiß karierte Kostüm zu schicken. Das war doch gut, oder? Jetzt wissen sie, dass Gitte wirklich bei Dir angekommen ist. Damit keiner Verdacht schöpft, habe ich das Kostüm eingepackt, bei Annemarie auf der Post aufgegeben und tatsächlich an Dich abgeschickt. Ist es schon angekommen?

Das mit Deinem toten Staatssekretär tut mir übrigens leid. Ich habe in der Zeitung gelesen, dass er besoffen gegen den Baum gefahren ist. Hübi hat mir auch in die Hand versprochen, keinem weiterzuerzählen, dass der viele Schnaps von Dir kam. Netter Typ, finde ich.

Vielen Dank, dass Du mir so lieb
mit Rat und Tat zur Seite stehst,
Dein Joachim

Mein lieber Neffe!

Also, die Berliner haben echt eine Schramme im Hirn. Behaupten die doch, ohne sich zu schämen, das mit Deiner Tante Bärbel wäre mindestens Totschlag, wenn nicht sogar glatter Mord. Und dann sagten sie auch noch, ich soll mir genau überlegen, was ich sage. Und ich habe gebrüllt, sie sollen gefälligst nicht einen ganz und gar sauberen Bürger aus der Eifel so elend beschmutzen! Jeder in der Eifel weiß, dass ich mein ganzes Leben lang ohne Fehl und Tadel gelebt habe, wie damals unser hochwürdigster Herr Pfarrer betont hat, als wir Deine Tante Bärbel zu Grabe trugen. Und jetzt steht hier in der Zeitung, ein Bürobote des Landwirtschaftsministeriums, der den Staatssekretär mit Alkohol in den Verkehrstod getrieben habe, werde des Mordes an seiner Frau daheim in der Eifel verdächtigt und sei überdies in Erklärungsnotstand geraten, weil die Frau seines Neffen bei einem Berlinbesuch völlig von der Bildfläche verschwunden sei. Ein zurückgelassenes blauweißes Kostüm habe den Unhold verraten.

Wir wissen ja alle, was wir von den Medien zu erwarten haben: Dreck, Dreck und nochmals Dreck. Ich werde die Zeitung verklagen. Mensch, bin ich sauer!

Dein Dich liebender Onkel Franz

P.S.: Ich habe vergessen, Dir meine neue Adresse zu geben. Ich bin erreichbar unter AltMoabit Nummer 136. So heißt hier das Untersuchungsgefängnis.

Lieber Onkel Franz,

bitte entschuldige, dass ich mich so lange nicht bei Dir gemeldet habe. Bei uns in der Eifel ist alles in Ordnung. Im Paket findest Du ein leckeres Stück Schinken aus der Heimat. Dass

Du sechzehn Jahre gekriegt hast, finde ich nicht in Ordnung. Wenn Du wieder rauskommst, kannst Du mich ja mal besuchen kommen. Das ist ja das Mindeste bei all dem, was Du für mich getan hast,

Dein Neffe Joachim

Nachts im Museum

Äänz, ich hab mir dat getz lange genuch überlecht.« Die alte Frau mit den strähnigen grauen Löckchen fummelte an ihrem Mantelkragen herum und räusperte sich. »Dat is dir sicher nich recht, un trotzdem sach ich et dir, weil ich numma ährlich sein will.«

Lieselotte Wachowski wrang ihre Handschuhe wie einen Putzlappen. Das Thema war ihr unangenehm, und trotzdem kam sie nicht drum herum. Es musste raus. »Weißte noch, wie wir damals auf Friedhelm sein Vierzichsten auffe Zeche waan? Weißte noch, wie du dich geärgert has, als de dat da gesehn has? Ich weiß noch ganz genau, wat du gesacht has, am Abend, als wir nach Hause gekommen sind. Dat war nich einer von deine Wutanfälle, wo du immer so krawuttig geworden bis. Dat war dein Äänz, Äänz!«

In der übernächsten Reihe wandte sich jemand um und guckte neugierig herüber. Etwas leiser zischte sie: »Ich mach dat. Un wennze dich aum Kopp stellz, du sturen Hund. Meinz wohl, ich trau mich nich, wat? Ich mach dat, Äänz, hasse gehört? Ich mach dat! Heute Nacht!«

In diesem Moment erreichte Tilde Drewniak mit schlurfenden Schritten das Grab ihres Mannes gleich nebenan, bückte sich ächzend, um eine neue Kerze in die Leuchte zu stellen und sagte obenhin: »Is wohl wieder 'n bissken maulfaul, dein Ernst, wa?«

»Kümmer dich um dein Kram, Tilde.« Lieselotte zupfte möglichst unverfänglich am Cotoneaster herum und wischte mit einem Tempotuch über die metallenen Buchstaben auf dem Grabstein.

Leise wisperte sie: »Guck nich so zu dat Tilde rüber, Äänz. Von da unten kannze ja bei der bis zum Nordpol raufkucken.«

Dann richtete sie sich wieder auf, hob ihre Handtasche auf,

die bis jetzt zwischen ihren Füßen geruht hatte und öffnete sie. Vorsichtig, so dass Tilde nichts mitbekam, griff sie hinein, ließ mit verschwörerischer Miene den oberen Teil eines sperrigen Gegenstands für einen Augenblick aus der entstandenen Öffnung lugen und hauchte: »Guck et dir nomma an, Äänz. Getz gibbet kein Zurück mehr.«

Als sie wenig später den Katernberger Friedhof durch das grüne Gittertor verließ, hielt sie einen Moment lang im Schatten der Bäume inne. Sie würde nur noch einmal kurz in ihre Wohnung im ersten Stock des zweigeschossigen Reihenhauses mit der verwaschenen Sandputzfassade in der Graudenzstraße zurückgehen. Dort war alles vorbereitet. Schon als sie am Morgen aufgestanden war, hatte sie gewusst, dass heute der Tag war, an dem es geschehen musste. Bütterken geschmiert, Eier hartgekocht … nur den Kaffee würde sie frisch aufbrühen. Sie spürte, wie ihre Aufregung wuchs, als sie über die Gehwegplatten auf ihr Haus zuwackelte.

Piontek hing auf der anderen Straßenseite über seinem Rollator und winkte herüber. »Lieschen, kommse heut Abend ma zu mir? Bissken kuscheln?«

»Kannz mich ma im Mondschein besuchen«, blaffte sie.

»Versprochen?«, hörte sie noch, bevor die Haustür ins Schloss fiel.

Walter Piontek war einer der wenigen Kumpels, die in ihrer Straße noch übrig geblieben waren. Er, Herbert Schiffers und ihr Ernst waren unzertrennlich gewesen. Nachdem ihr Mann in den Siebzigern wegen seines Meniskus' im Schacht aufgehört und die Stelle im Kesselhaus bekommen hatte, hatte er mit den beiden anderen zusammengearbeitet. Meistens in derselben Schicht. Das war echte Freundschaft gewesen. Herbert und seine Bärbel waren dann irgendwann zu ihrer Tochter in den Odenwald gezogen. Wegen der Luft. Anderthalb Jahre später war Herbert an Lungenkrebs gestorben. Piontek war nun auch schon seit zwei Jahren Witwer, und immer wieder machte er blöde Sprüche. Als ob sie was mit 'nem Rollator-Opa anfangen würde! Außerdem hatte sie ja noch ihren Ernst. Auch wenn der auf dem Katernberger Friedhof lag.

Das Kesselhaus sah sauber und irgendwie poliert aus. Wie überhaupt alles auf dem Gelände der Zeche Zollverein akkurat hergerichtet war. Kein Wunder, denn hier wurde ja auch nicht mehr gearbeitet. Hier fasste keiner mehr was mit Rußfingern an, hier wurde nur noch kassiert. Sie bezahlte zähneknirschend sechs Euro und blickte sich in der reichlich unterkühlt eingerichteten Eingangshalle des Museums um, das jetzt im Kesselhaus untergebracht war.

Red Dot Design Museum.

Irgendwas Amerikanisches, garantiert. Ernst hatte sich bei dem Rundgang auf Friedhelms Vierzigstem abfällig geäußert. »Da is noch nie wat Vernünftiges von Amerika rübergekommen!« Und dann hatte er mit seinem Lamento bei den Hippies angefangen und war über Halloween bis zur Citibank geraten.

In der riesigen Halle, in der ihr Ernst sechzehn Jahre lang zusammen mit nur zwei Kollegen Schicht für Schicht auf dem Schürerstand die fünf gewaltigen Kessel beaufsichtigt und unter Dampf gehalten und damit Druckluft für die Presslufthämmer und die Loks erzeugt hatte, wurde heute Design gezeigt.

Das stand, hing und lag hier überall rum, dieses *Design*. Und das hatte ihrem Ernst den Rest gegeben. Von diesem Besuch hatte er sich nie mehr so richtig erholt. Mit Tränen in den Augen hatte er gemurmelt: »Gut, dat dat der Häbbät nich mehr sehen muss.«

Mit Herbert hatte ihn noch mehr verbunden als mit Walter Piontek. Nachdem Herbert weggegangen war, hatten sie ihnen einen Grünschnabel ins Trio gesteckt. Holger Gieskes. Ein Besserwisser, ein Schalker! Mit dem hatten Ernst und Piontek ganz schön Ärger gehabt. Der war fast dreißig Jahre jünger und meinte immer, ihnen erklären zu müssen, wie der Job abzulaufen hatte.

Sie hielt erschrocken die Luft an, als sie in die Kesselhalle eintrat. Die gewaltigen Metallgebilde der ehemaligen Druckluftkessel wuchsen rechts und links in schwindelerregende Höhe und gaben dem Raum etwas Kathedralenhaftes. Und mittendrin baumelte an einem Querträger ein Auto. Aufgeknüpft an der Schnauze, den Auspuff zu Boden gerichtet, die vier Türen nach den Seiten abgespreizt, so wie ein geschlachtetes Huhn.

»Dem sin die wahrscheinlich grad neue Schluffen am aufziehn«, hatte Ernst bei ihrem ersten Besuch gesagt. Und seit diesem Tag hatte er jeden Falschparker in der Graudenzstraße angepflaumt: »Wennze die Eierkitsche da nich wegfahren tust, kommt die in Nullkommanix im Design-Museum an die Decke am hängen!«

Ernst hatte die letzte Schicht auf der Zeche nicht miterleben müssen. Anderthalb Jahre vorher hatten sie ihn zusammengeschlagen. An einem Mittwoch, nach dem Feierabendbier im Haus Schroer am Meybuschhof, hatten sie ihm im Dunkeln an der Bahnunterführung aufgelauert und ihn in die Mangel genommen. Rippenbrüche, Milzriss, Prellungen. Und sein Schädel war offenbar so hart auf dem Gehweg aufgeschlagen, dass er sich ein Schädel-Hirn-Trauma zugezogen hatte. Keiner hatte was gesehen, keiner war da gewesen, der ihm hätte helfen können. Übermütige Jugendliche vermutlich, denn Geld hatten sie ihm nicht abgenommen. Von einem Tag auf den anderen hatte er seinen Geruchs- und Geschmackssinn verloren, er litt unter nicht enden wollenden Kopfschmerzen und bekam eine Brille mit fingerdicken Gläsern verpasst.

Und er war seinen Job los. Ein bisschen Rente, zwei Putzstellen für Lieselotte, das war's.

Während sie langsam durch die Halle ging, registrierte sie skeptisch den stetigen Wechsel zwischen den schneeweißen, neu eingezogenen Wänden und den scheinbar organisch gewachsenen Oberflächen aus rostfarbenem Metall und rötlichen Ziegelreihen.

Sie sah futuristisch anmutende Rollstühle im Hochregal und Skier an Wänden drapiert, Fahrräder und ein Sofa, das fast so aussah, wie das, was seit über vierzig Jahren in ihrem Wohnzimmer stand. War das *Design*? Das war doch ein olles Sofa.

Sie griff in ihre Handtasche, nur um sich zu beruhigen. Es war noch da. Sie fühlte die harten Kanten. Sie war tatsächlich dabei, ihren lang gehegten Plan in die Tat umzusetzen.

Fünf Mal war sie in den letzten Wochen hier gewesen, hatte alles durchdacht, hatte alles minutiös geplant, und als sie jetzt den zwei Meter hohen, mattsilber glänzenden *Liebherr Platinum Plus Biofresh No Frost*-Kühlschrank ansteuerte, war es kurz vor sechs. Gleich wurde geschlossen. Das war wichtig. Mit einem entschlossenen Ruck öffnete sie die große Tür, blickte sich noch einmal um, registrierte zufrieden, dass die letzten Besucher bereits in Richtung Ausgang unterwegs waren, zog mit flinken Fingern die Gitterroste aus dem Inneren heraus und schob sie hinter das Gerät. An dieser Stelle des Museums war keine Überwachungskamera installiert, die sie dabei beobachtete, wie sie blitzschnell im Innenraum des Kühlschranks verschwand. Sie klemmte einen Schaschlikspieß zwischen Tür und Rahmen, damit durch einen Spalt Luft herein kam. Alles so, wie sie es zuhause wieder und wieder im Kleiderschrank geübt hatte. Mit einigen ersten Fehlversuchen, die verhängnisvoll hätten enden können.

Ihr Herz schlug ihr bis zum Hals, als sie stocksteif in nahezu völliger Finsternis darauf wartete, dass das Museum in den Nachtschlaf fiel. »Mensch, Äänz, getz krieg ich aber doch so'n bissken Hemdflattern«, hauchte sie und zwang sich, ruhig zu atmen.

Ernst hatte nie ein besonderes Talent für Geschenke gehabt. Ein Fläschchen *Tosca* oder eine Schachtel *Edle Tropfen in Nuss* waren immer das höchste der Gefühle gewesen. Handwerklich war er nie besonders geschickt gewesen. Und doch hatte er sie in dem Jahr, in dem er zum Daheimbleiben verdammt worden war, an ihrem Geburtstag mit etwas ganz Besonderem überrascht. Zwei Tage lang hatte er im Keller herumgehämmert und gedengelt und hatte ihr in der Zwischenzeit den Zutritt verboten.

Zuerst hatte sie das Ding gar nicht erkannt, das da aus dem zerknitterten Geschenkpapier herausguckte, aber dann waren ihr Tränen der Rührung in die Augen geschossen. Wieder und wieder hatte sie ihm gesagt, er solle eine neue Kohlenschaufel für den Ofen im Wohnzimmer besorgen, da die alte vom Rost regelrecht aufgefressen worden war.

»Getz kannze wieder Koks schippen« hatte Ernst gesagt und verschämt hinzugefügt: »Bin ich doch noch für wat zu gebrauchen.«

Die Schaufel war schief und unhandlich. Der hölzerne Griff glich einer klobigen Salatgurke, und das Blech war so verzogen und verbeult, dass es eine Qual sein würde, die Briketts damit aus dem Eimer zu kriegen. Und doch war es das schönste Geschenk aller Zeiten.

Gegen zwei Uhr in der Nacht hatte sie ein Ei und ein Käsebrot gegessen und gönnte sich einen kleinen Schluck Kaffee. Alles im Stehen und alles in der völligen Finsternis. Mit dem Kaffee wollte sie sparsam umgehen, denn alles was an Flüssigkeit in sie hineinkam, wollte auch irgendwann wieder heraus.

Zuerst war ihr linkes Bein eingeschlafen und als sie es wieder spüren konnte, hatte es etwa eine Dreiviertelstunde gedauert, bis das rechte an der Reihe war. Auch das kannte sie von ihren Übungen im Schlafzimmerschrank. Alles lief nach Plan.

Sie wartete noch eine weitere halbe Stunde, und dann öffnete sie vorsichtig den Kühlschrank. Den Schaschlikspieß verstaute sie in ihrer Handtasche. Sie würde keine Spuren zurücklassen.

Zur Vorbereitung hatte sie mal wieder *Rififi* im Fernsehen geguckt. Und *Mission Impossible.* Da hatte sich einer an Drähten von der Decke runtergelassen. Das wäre ihr zu gefährlich.

Ihr Weg führte vorbei an einem Dutzend langweiliger schwarzer Design-Flachbildschirme zu der Metalltreppe unter dem aufgeknüpften Auto. Sie hatte nicht vor, den Lift zu benutzen. Das war ihr zu riskant. Sie hatte sich dicke Wollsocken über die Schuhe gezogen, um den Schall ihrer Sohlen zu dämpfen.

»Wenn dat Design is, dann is meine Kohlenschüppe aber Oberdesign!«, hatte Ernst gepoltert. »Dann gehört die auch da rein in dat Museum! Dann is wenigstens noch wat von mir da drin geblieben!« Sie hatte sich die Worte genau gemerkt.

Sie stieg hoch und höher. Eine Etage, eine weitere. Der Weg führte mittlerweile über schmale Stege zwischen den Köpfen der monumentalen Heizkessel her. Rechts und links der gläsernen Brüstungen gähnte ein fünfzehn Meter tiefer Abgrund.

Sie erreichte die Vitrinen mit den kleineren Gegenständen. Fernbedienungen, Filzschreiber, Hörgeräte. All diese Dinge hatten den *Red Dot Design Award* bekommen, so hatte sie gelesen.

Beim Öffnen der Vitrine ihrer Wahl halfen ihr ein kleines Küchenmesserchen und ein abgesägter Klosettpümpel. Von diesem Punkt an musste sie ohne vorherige Probe operieren. Sie hatte am gläsernen Wohnzimmertisch geübt, aber das waren gänzlich andere Bedingungen gewesen als hier.

Die Platte ließ sich ohne Umstände anheben. Lieselotte Wachowski klemmte die Zungenspitze zwischen den Lippen ein. Der Schein ihrer Stirnlampe tanzte über den Inhalt der Ausstellungsvitrine.

Sie klemmte die Thermoskanne unter die Glasplatte und griff mit den Händen in die Handtasche, ertastete die Schaufel und zog sie hervor. Sie summte leise »Dobsche, dobsche, tralala« und ließ den Blick über die Exponate gleiten. »Hier findet dich so schnell keiner«, flüsterte sie erregt und wollte die Schüppe gerade unter das Glas schieben, als …

»Du bis genauso bekloppt wie dein Ollen, Lieschen, weißte.«

Diese Stimme. Der kieksige Unterton. Sie richtete sich langsam auf und blickte in einen grellweißen Lichtkreis.

»Holger? Holger Gieskes?«, fragte sie zwinkernd. Hatte sie richtig gehört?

»Haste mich gleich erkannt. Is ja schön.«

Der Jungspund, der Schalker.

»Mensch, Holger, mach mal die Latüchte aus.«

Der Lichtkegel wanderte auf den Boden zu ihren Füßen. Holger Gieskes strahlte sie an. Er hatte in den letzten zehn

Jahren ordentlich zugelegt, und seine rötlichen Haare waren deutlich auf dem Rückzug.

»Mann, Holger, dir geht et aber gut, wa? Has ja ne richtige Plauze gekriegt. Du warst doch so'n Luftkotelett, so'n Schmachtlappen.«

»Klar. Mir geht et gut. Ich bin getz bei dem Securityunternehmen.« Er zeigte das aufgestickte Emblem auf seiner Brust. »Un deshalb werd ich getz mal melden, dat du hier inne Nacht rumdackelst und klauen tust.« Jetzt fingerte er ein Funkgerät aus einer der zahlreichen Halterungen an seinem Gürtel.

»Nu machma kein Hallas, Holger.«

Sein Grinsen wurde noch breiter, und er schüttelte mitleidig den Kopf. »Ker, Ker, Ker. Dat du dat nötig has.« Mit spitzen Fingern nahm er die Kohlenschaufel, die sie die ganze Zeit über in den Händen gehalten hatte und wandte sich zu der Vitrine. Während er nach einer passenden freien Stelle Ausschau hielt, sagte er gönnerhaft: »Dat Dingen kommt getz wieder hier an Ort und Stelle, un dann bring ich dich zum Ausgang. Un dann kannste abdampfen, un ich will dich hier nie mehr sehn, hörste.«

Die Schaufel lag nun zwischen medizinischen Fingerorthesen und einem CPR-Meter. Alles Gegenstände, von denen Lieselotte Wachowski noch nie etwas gehört hatte. Sie befeuchtete aufgeregt die Lippen mit der Zungenspitze.

»Wat wollste denn eigentlich damit?« Und ohne eine Antwort abzuwarten winkte er ab. »Ach, is ja auch egal. Mit euch Wachowiaks gibbet sowieso nur immer Ärger. Dein Ernst war auch so'n Fall.«

Er kam ganz nahe an ihr Gesicht heran und tippte sich an die Stirn. »Der un sein doofer Kumpel Piontek, die wollten mir dat hier madig machen. Die zwei alten Flachpfeifen. Aber nich mit Holger, weißte.«

Sie machte immer noch keine Anstalten, zu gehen. Die Beleidigungen, die er aussprach, perlten von ihr ab. Sie hatte es geschafft. Tag für Tag versuchten auf der ganzen Welt Menschen Dinge aus dem Museum *heraus* zu schaffen. Sie hatte etwas *hinein* geschafft! Ernsts Geschenk war tatsächlich ins Museum gewandert! Tausende von Besuchern würden von jetzt Tag für Tag bestaunen, was er in mühevoller Kleinarbeit für sie angefertigt hatte. Verzückt lächelte sie in sich hinein.

»Un deshalb musste der mal ordentlich abgeschwartet werden. Der hatte mal ne Wucht verdient, dein Ernst, verstehste? Un da hab ich ihn mir mal vorgeknöpft anne Unterführung.«

Die Worte drangen mit einem Mal wieder in ihr Bewusstsein. Sie starrte Holger Gieskes an und konnte nicht glauben, dass er vor Stolz grinste wie ein Honigkuchenpferd. Es dauerte einen Moment, bevor sie begriff, was er da gerade munter vor sich hin plauderte. Holger lehnte an der Balustrade und guckte versonnen ins Nichts.

Und mit einem Mal schoss ihre Hand nach vorne, riss die Kohlenschaufel doch noch einmal hervor und donnerte sie ihm mit aller Wucht, die sie aufzubieten imstande war, gegen die Schläfe. Zuerst trudelte das Funkgerät über das Geländer in die Tiefe, und im nächsten Augenblick verlor auch sein Besitzer das Gleichgewicht und stürzte hinterher. Er schrie nicht. Die einzigen Töne, die zu hören waren, waren das Prasseln des Funkgeräts, das in tausend Teile zerbarst und der schwere Aufprall eines dicken Körpers. Dann war wieder Stille.

Lieselotte Wachowiak legte die Kohlenschaufel zurück in die Vitrine. Jeder ihrer Handgriffe war ruhig und bedacht. Sie entfernte die Sperre in Form ihrer Thermoskanne und reinigte die Glasplatte, die zurück in ihre Einfassung gerutscht war, mit Reinigungsspray.

Dann stieg sie leise die Treppenstufen zum Erdgeschoss hinab und suchte einen Weg, der sie nicht unbedingt an Holger Gieskes' Leiche vorbeiführte.

Wenig später stand sie wieder in ihrem *Liebherr Platinum Plus Biofresh No Frost*-Kühlschrank und wartete auf das Ende der Nacht.

Sie trank einen Schluck aus ihrem Flachmann und sagte leise: »Die Nacht hat sich abba echt gelohnt, Äänz.«

Wenn die Wellen schlagen …

Fieses Friesenlied

Wenn die Wellen schlagen an den Juister Strand,
schlägt Kai-Uwe seine Frau mit fester Hand,
haut ihr blaue Flecken,
wirft mit einem Schuh.
Auch mit einem Stecken
Schlägt Kai-Uwe zu.

Wenn die Wellen schlagen an den Juister Strand
Nimmt Kai-Uwes Frau das Schießgewehr zur Hand,
macht den Lauf schön sauber,
füttert es mit Schrot,
und schießt dann Kai-Uwe endlich mausetot.

Wenn die Wellen schlagen an den Juister Strand,
liegt Kai-Uwe unter meterdickem Sand.
Möwen schlagen Flügel,
und es peitscht die Gischt.
Alle dürfen prügeln,
nur Kai-Uwe nicht.

Dumm gelaufen in Damme

Wissen Sie, irgendwie ist das alles dumm gelaufen. Jetzt mal rückblickend gesehen, so als Fazit.

Erzähl ich Ihnen mal kurz. Ist ja nicht so, dass ich so was erst seit gestern mache. Bin ja kein blutiger Laie in dem Sinne, wenn Sie verstehen, was ich meine. Das waren insgesamt immerhin schon neunzehn ... nee, warten Sie mal ... glatt zwanzig, wenn man den Radfahrer mitzählt, der mir vor drei Jahren nachts zwischen Alfhausen und Bersenbrück besoffen vors Auto gekippt ist.

Kann man nicht mitzählen? War aber trotzdem tot.

Gut, okay, also neunzehn. Neunzehn in zwölf Jahren, kann sich doch sehen lassen, oder?

Die Leute sagen immer: Dammer Berge, Mensch, da ist Ruhe, da ist Frieden, Idylle zwischen Wald und See. Riecht da manchmal bisschen streng, aber sonst ... Alles schön und gut, aber glauben Sie mal bloß nicht, dass man hier nur an Altersschwäche stirbt, nee, nee. Nur da liest man natürlich nix drüber, das machen wir so unter der Hand. Also, ich jetzt. Ich bin hier der, der beseitigt, was weg muss. Also *wer* weg muss. Muss ich nicht näher erklären, oder?

Also die Sache im letzten Mai, die war, wie gesagt, gut geplant, ist aber dann doch nicht so verlaufen, wie ... ach, ich fang am besten vorne an.

Vierzehnter Mai, Scheißwetter, Kirchplatz, ich im Pub, am Fenster, Pott Kaffee. Warten. Draußen regnet es richtig fies. Das Grau der Fassade von St. Viktor auf der anderen Seite vom Platz hebt sich kaum ab vom Himmel. Beerdigungswetter.

Genau, Beerdigungswetter, gutes Stichwort. Da geht nämlich das Portal auf, und sie kommen auf den Pflasterplatz heraus. Leute in Schwarz. Jede Menge Leute in Schwarz. Regenschirme werden aufgespannt, plötzlich ist alles voller

Menschen. Vor einer Stunde sind sie schon mit dem Trauerzug durch das Dreckswetter geschlichen, und das Kolpingorchester hat dazu getrötet. Ich rühre in meinem Kaffee und denke: Bloß gut, dass ich im Trockenen sitze.

Der olle Heinrich Hesskamp ist dann doch mit 92 Jahren irgendwann gestorben. Hat ja nun auch lange genug alle genervt. Als größter Schweinezüchter im ganzen Landkreis Vechta, als Landtagsabgeordneter, Kirchenvorstand, Karnevalsprinz, als Familienoberhaupt einer Riesensippe … suchen Sie sich was aus. Eine Plage, der Mann, wenn Sie mich fragen. Uns hätte hier wahrhaftig was Schlimmeres passieren können, als dass der endlich den Löffel abgibt.

Wie? Ob ich? Nee, Quatsch, Prostata.

Achtung, jetzt Super-Überleitung:

»Ich muss nur noch schnell zur Toilette«, ruft einer der Trauergäste ein paar anderen Schwarzvermummten zu und öffnet die Tür zum Pub. Großer Kerl, mit breiten Schultern. Graues, dichtes Haar, Dreitagebart und buschige Augenbrauen, so richtiges Gestrüpp. Genau, Erhard Wieferich, einer der Schwiegersöhne vom toten Hesskamp. Eigentlich *der* Schwiegersohn vom Hesskamp.

Als er an mir vorbei zu den Toiletten stapft, legt er mir unauffällig einen Umschlag auf den Tisch. Ich weiß, was drin ist. Paar Fotos, Zweitausend als kleine Anzahlung und eine Adresse. Hat er so angekündigt. Als mich keiner beobachtet, gucke ich nach. Bilder, Kohle, Zettel, sag ich doch.

Paar Minuten später erscheint Wieferich wieder, und als er im Vorübergehen fragend eine von seinen struppigen Augenbrauen hochzieht, nicke ich kaum wahrnehmbar. Er raus. Ohne Worte. Kommt mir alles sehr entgegen.

Besonders sind die Fotos nicht gerade. Reicht aber. Tommaso Trentini, aha. Geht auf die Siebzig zu. Den hat der alte

Hesskamp im Krieg in Italien gemacht, so heißt es. Taucht hier plötzlich auf, und jetzt wird das mit dem großen Erbe irgendwie kippelig. Die Zweitausend stecke ich mal gleich ins Portemonnaie. Zwanzig Hunderter. Das ist so ein schönes Gefühl in der Gesäßtasche. Die restlichen Achtunddreißigtausend kommen in ein paar Tagen. Brauch ich auch dringend.

Tommaso Trentini hat ein Erdgeschosszimmer im Waldhotel zum Bergsee, das zum Parkplatz rausgeht. Ich gucke ihm durch die Gardinen hindurch zu, wie er telefoniert, wie er was aus der Minibar trinkt, durchs Fernsehen zappt, telefoniert, ins Bad geht, telefoniert, das Bett aufdeckt und schließlich die Vorhänge zuzieht.

Am Morgen tut mir der Rücken weh. Ich kann nicht gut im Auto schlafen, habe kaum ein Auge zugemacht. Ist vielleicht auch nicht schlecht, denn so kriege ich mit, dass er schon um halb sechs auf der Bildfläche auftaucht – im Jogginganzug –, in Richtung Bergsee losläuft und … richtig: telefoniert.

Ich folge in gemessenem Abstand. Zwangsläufig, denn er ist viel fitter als ich. Mit Siebzig! Aber immerhin hab ich kaum gepennt. Kein Kaffee, nix, ich bin dann ganz mies drauf.

Irgendwann kommt offenbar ein Funkloch, und die Telefoniererei hört auf. Er umrundet den See linkerhand. Es ist kalt, ich spüre alle Knochen. Jogging ist ganz großer Unfug, und ich würde das gerne so schnell wie möglich beenden. Verstehen Sie doch, oder? Aber irgendwie muss er erst mal still halten, sonst wird das mit dem Zielen nix.

Ha, Funkloch zu Ende, telefonieren! Wohin jetzt? Zum Bergwerk?

Ah nein, Alte Ziegelei. Jetzt nieselt es plötzlich. Muss das denn nun auch noch sein?

Telefonat Ende. Es ist still auf dem Gelände am Waldrand mit den riesigen roten Ziegeldächern. So früh am Morgen ist hier noch kein Mensch. Nur die Vögel, klar. Gut so.

Scheißnieselregen.

Tommaso Trentini, der alte Sack, läuft mit federnden Schritten unter eines der Dächer, stützt sich schließlich mit den Händen an einer der alten verrosteten Loren ab und schüttelt die Beine aus. Er keucht so, dass er gar nicht hört, wie ich vorsichtig hinter ihn trete. Auch mein Keuchen hört er nicht, dabei ist das viel lauter. Ich bin wirklich sauer. Mich so zu hetzen. Blödmann. Für so einen verschwende ich doch keine Kugel. Eins mit dem Knüppel, zack! Liegen hier ja genug rum. Es kracht. War das das Holz oder der Schädel? Zur Vorsicht geb ich ihm noch zwei hinterher. Auch, weil ich sauer bin. Der Knüppel ist heile, kam also vom Schädel. Ciao, Tommaso.

Das Handy kriegt auch einen. Hat mich lange genug genervt.

Während ich zurückgehe und den Volvo hole, denke ich, dass das nicht so gut angefangen hat. Kennen Sie das? So ein Gefühl von »da kommt noch was«? Ja, sehen Sie, geht Ihnen auch manchmal so.

Im Kofferraum rollt er in jeder Kurve hin und her. Das kann ich ja überhaupt nicht leiden. Auch Benzinkanister oder Einkaufstüten. Immer bollert was durch den Kofferraum. Nächstes Mal muss ich was zum Festbinden mitnehmen.

Ich kenne da eine Stelle, die will ich Ihnen gar nicht näher beschreiben, sonst wollen Sie hinterher noch auf eigene Faust, wenn Sie mal irgendwen … Ich sage nur soviel: Ein See ist eigentlich immer gut. Also zum Dümmer, der ist ja groß genug. Da, wo ich das immer gerne durchziehe, steht viel Schilf. Fragen Sie mich nicht, ich sag das nicht. Obwohl ich da jetzt sowieso nicht mehr hinfahre … Ich erklär's.

Noch nie war da einer! Keiner Sau bin ich da jemals begegnet, die Ecke ist total unwegsam, da verirrt sich keiner hin. Und jetzt, als ich den schön in dicke Folie eingepackten Italiener aus dem Kofferraum zerren will, steht da plötzlich einer vor mir, bis zu den Knöcheln im Schlick und glotzt mich mit offenem Mund an. So ein Typ mit ner Pudelmütze ohne Bommel. Und was hat er in den Händen? Na? Kommt einer drauf? Das Ende von einem Paket. Lang, schwer, dick, schön in Folie, mit Klebeband drum herum. Genau. Hätte von mir sein können. War aber seins.

Ich frage ihn, was er da macht, und da sagt er: »Ich war zuerst hier.« Sächsischer Akzent, glaube ich. Na super, denke ich, jetzt schmeißen uns die Ossis auch noch ihre Toten in den Tümpel. Erst Begrüßungsgeld, dann Soli und jetzt so was!

»Freundchen, mach dich vom Acker!«, sag ich und hole meine Wumme raus. Der wär mir jetzt schon ne Kugel wert gewesen. Ich hab von ihm gehört. Hat wohl in Bramsche und Umgebung schon mal so'n paar Dinger gemanagt. Aber das hier ist mein Revier! Sag ich ihm auch. Meine Kanone überzeugt ihn offenbar. Kleinlaut schleift er sein Paket aus dem Schlamm, und ich hab Freude daran zuzugucken, wie er schwitzt und flucht. Er holt das Bündel an Land und stiefelt um die Ecke, um sein Auto zu holen, das er da wohl versteckt hat. Während er sich beim Einladen beinahe einen abbricht, tu ich so, als wär ich mit meinen Fingernägeln beschäftigt. Dem helf ich doch nicht noch! Bevor er den Kofferraum zuknallt, rufe ich noch: »Schön festbinden, sonst rollt das hin und her.« Zwei Minuten später ist er weg.

Schöne Scheiße, jetzt kann ich mir was anderes suchen, denn das ist mir hier zu heiß, weil mich der Pudelmützenheini gesehen hat. Ich schiebe also den halb aus dem Auto hängenden Tommasino zurück in den Kofferraum und fahre weiter.

In Gedanken sehe ich Wieferichs buschige Augenbrauen, wie sie in die Höhe tanzen, wenn ich ihm sage, dass er noch was drauflegen muss, wegen erschwerter Arbeitsbedingungen.

Borringhauser Moor, wo die Windkraftanlagen vor sich hin rotieren. Da sind so ein paar Brachflächen, da liegen zwei oder drei von mir. Hoffentlich hab ich den Spaten dabei. Der Boden ist zwar schön locker, aber ohne das richtige Werkzeug ist das großer Murks. Es klart auf, während ich auf den schnurgeraden Wirtschaftswegen zwischen den Feldern rumfahre. Die Windapparillos werfen große Schatten übers Land.

Da steht doch … das ist doch das Auto von …

Na, vom wem? Vorschläge?

Genau. Der Typ ohne Bommel. Das ist doch zum Kotzen! Ich rege mich auf der Stelle unglaublich auf, mein Wageninneres ist quasi voll mit Hals.

Als ich halte und die Scheibe runterkurbele, guckt er zerknirscht zu mir runter. »Jetzt sag bloß, das ist jetzt auch dein Platz hier.«

Diesmal komme ich nicht dazu, die Knarre zu ziehen, denn er hält mir den Lauf einer abgesägten Schrotflinte unter die Nase.

Das darf doch nicht wahr sein! Da hält doch einer mit der Versteckten Kamera auf uns drauf! Ich fluche laut, schlage mit der Faust aufs Lenkrad und fahre weiter. Der Typ geht mir aber so was von auf den Zeiger. Warum geht der nicht zurück nach Dunkeldeutschland und verbuddelt seine Leichen in Zwickau, Glauchau oder Leckmichamarschau oder wie das da alles heißt! Warum pfuscht der hier in Niedersachsen rechtschaffenen Arbeitern ins Gewerbe? Warum beschränkt der sich nicht wenigstens auf Bramsche, wo er bis jetzt war!

Im Rückspiegel sehe ich, wie auch er wütend gegen ein Vorderrad tritt und wieder in seinen rostigen Seat Kombi einsteigt.

Oh Mann, das kann mir Wieferich gar nicht bezahlen! Fünfzigtausend werden das! Quatsch, Sechzigtausend, und keinen Cent weniger! Wenn der erst sein fettes Schweinemästererbe angetreten hat, weil der Italiener weg vom Fenster ist, dann machen dem doch die läppischen Sechzigtau…, ach, Quatsch, Siebzigtausend auch nichts mehr! Und dann bin ich weg nach Malle!

Richtung Neuenwalde, hinter der alten Kneipe Biestmann, da geht die Vördener Straße rechts rein, da geht es zu den stillgelegten Kiesgruben. Das ist auch immer ne prima Adresse.

Wussten Sie nicht?

Also da habe ich auch schon zwei, dreimal … naja, tut jetzt nichts zur Sache. Da ist jetzt natürlich schon der ein oder andere Spaziergänger unterwegs, aber ich kann ja verdammt noch mal nicht bis zum verdammten Abend mit dem verdammten Italiener durch Damme/Dümmer kurven. Ich muss ja auch noch einkaufen und so! Ist das alles eine große Scheiße!

Hier an den Kiesgruben muss man sich auskennen. Da ist so eine Ecke, wo man schnell mal mit ein paar Schaufeln Kies den Deckel drauf machen kann. Ich bin immer noch richtig geladen. Beim Schippen kann ich mich wenigstens gut abreagieren.

Ich parke den Volvo hinter einem großen Kieshaufen. Hier ist dichtes Buschwerk, hier kriegt keiner mit, was ich mache. Tommaso Trentini muss drunter leiden, dass ich im Moment voll auf Hass bin. Ich geh ganz schön ruppig mit ihm um.

Und? Was hab ich nicht dabei? Na? Na? Richtig, ne Schaufel! Ich hab nur diesen bescheuerten Spaten im Kofferraum. Große Kacke, haben Sie schon mal Kies mit nem Spaten geschaufelt? *MIT NEM SPATEN?*

Ich lege los. Fluche, schippe, fluche lauter, schippe schneller.

Da rollt ein Wagen heran. Schön langsam. Richtig provozierend.

Jetzt dürfen Sie dreimal raten.

Richtig, gleich beim ersten Mal: Pudelmütze.

Jetzt hat er mich soweit. Gleich muss ich heulen.

Wo soll ich denn jetzt noch hin mit meinem Itaker? Im Wald hinterm Benediktinerkloster? Oben im Wald, am Mordkuhlenberg?

Mir wird schwindlig.

Ich verschränke die Arme auf dem Spatengriff und lege meine Stirn darauf. Schluss, aus. Ich hab die Schnauze voll.

Plötzlich spüre ich eine Hand auf meiner Schulter. Als ich hochgucke, hat Pudelmütze einen sanften Gesichtsausdruck aufgesetzt. Er lächelt fast.

»Nu hör mal, Kollege. Jetzt denken wir doch mal in Ruhe über alles nach. Da finden wir doch ne Lösung, oder?« Klingt plötzlich richtig kumpelig. Und als ich nicht gleich kapiere, erklärt er mir, dass wir zwei Leichen doch ganz gut in ein und dasselbe Loch werfen können.

»Weißte, und ich«, strahlt er, »hab sogar ne ordentliche Schaufel dabei.«

Während ich mich langsam entspanne und tief durchatme, denke ich darüber nach, dass er wahrscheinlich sogar recht hat. Kann man vielleicht machen. Wir schmeißen einfach zusammen. Also die Arbeit, nicht die Kohle.

Ich nicke schwach. Er strahlt und hält mir seine Hand hin. »Ich bin der Ulf.«

Es wird doch noch alles gut. Unsere zwei Pakete kommen unter die Erde, und wir kriegen unsere Knete, und der Tag, der so blöd angefangen hat, wird noch richtig sonnig. Es ist Mitte Mai, der Sommer steht vor der Tür. Happy End.

Drei Minuten später fängt Ulf an zu buddeln. Und er quasselt. Ohne Punkt und Komma quatscht der. Er hat Dreitausend Vorschuss gekriegt. Wenn alles rum ist, kommen noch mal Siebenundzwanzigtausend nach. Das sind so seine Tarife, da ist er immer gut mit gefahren, da stimmt das Preis-Leistungsverhältnis. Er will mit seiner Asche erstmal nach New York rüber, sagt er. Und dann quasselt er von Billiglohn und Lohnuntergrenze und brabbelt und brabbelt, und gerade als ich ihm sagen will »So, jetzt lass mich auch mal buddeln«, da erzählt er von seinem Auftraggeber, der jetzt bald Geld wie Heu hat, weil er nämlich jetzt die Kohle erbt, die sonst der Mann in seinem Plastikfolienpaket eingesackt hätte. »Der kennt sich hier nicht so aus, und deshalb hat er wahrscheinlich mich angerufen und nicht den Fachmann vor Ort. Ist nicht von hier. Hat jede Stunde angerufen, ob alles klappt, das nervöse Hemd. Kommt aus Italien.«

Italien?

Bei mir klickert es.

Erbschaft?

Ich hole mein Teppichmesser aus dem Kofferraum, gehe zu seinem Seat und mache mich am Kopfende des Pakets zu schaffen. Geht schwer zu schneiden. Ich bin ganz zittrig, rupfe an der Folie herum.

Wahrscheinlich habe ich dem Toten dabei die Nasenspitze abgeschnitten, blutet aber nicht mehr, klar. Jedenfalls kräuseln sich paar Augenblicke später buschige Augenbrauen durch die entstandene Öffnung ins Freie.

Erhard Wieferich, na super.

Tschüss Malle.

Mein Kollege aus Neubundland sieht mir an, dass was nicht stimmt. Ich weiß nicht, wie ich es ihm erklären soll.

Schließlich fummelt auch er ein Loch in mein Paket und kapiert gleich, was Sache ist, als er seinen kalten Italiener erkennt.

Tschüss New York.

Wir gucken uns entgeistert an. So was von dumm gelaufen.

So, hab ich Ihnen jetzt alles erzählt. Tja, wir haben das dann ordentlich zu Ende gebracht, und unsere Fünftausend haben wir als Startkapital zusammengeschmissen. Wir sind jetzt nämlich ein Team, der Ulf und ich. Ich mach mehr Büro, und er geht meistens raus. Läuft gut, irgendwer muss ja immer weg.

Wir müssen nur aufpassen. In Diepholz, da ist jetzt wohl einer unterwegs. Soll auch schon in Damme gesehen worden sein.

Das Cover-Girl

Ein tiefroter Tropfen rann den Hals hinab, über die nackte Schulter, fand seinen Weg über die Wölbungen der schlaff herabhängenden Hand und fiel schließlich von der Spitze des Zeigefingers in die Tiefe und zerplatzte auf dem am Boden liegenden Wust von Fotografien. Undeutlich waren darauf im Halbdunkel große Brüste und üppige Schenkel zu erkennen, lachende Gesichter und blasse Hinterteile. Was für ein schreckliches Ende.

***

Sie hatten Tupperpartys gefeiert und Canasta-Abende miteinander verbracht. Sie hatten sich im Laufe all der Jahre zusammengerechnet sicher zweihundert Stunden lang gegenseitig Urlaubsdias gezeigt und hatten simultan die über den Bildschirm flimmernden Kochrezepte von Lichter und Lafer mitgekocht. Und immer war irgendwann Alkohol ins Spiel gekommen. Der Schlehenaufgesetzte von Helga gehörte seit Anbeginn ihrer Treffen dazu und peitschte die Stimmung, wenn es auf Mitternacht zuging, in Richtung Höhepunkt. Dann hatten sie kühne Träume formuliert, hatten ihren Ehemännern lautstark den Kampf angesagt, hatten verwegene Pläne ausgeheckt, nur um dann nach zwölf den kleinen Gemeindesaal zu verlassen und jede für sich nach Hause zu straucheln, wo sie bis zur nächsten Woche wieder in den Alltagstrott verfielen.

Diesmal war es anders. Etwas lag in der Luft, etwas, das nach Revolte und Aufruhr roch, etwas, das nach Abenteuer schmeckte, wenngleich die elf reifen Eifelerinnen das sicherlich anders formuliert hätten. Gretchen hatte bei ihrem Anton Pornofilmchen auf dem Handy entdeckt, was für große

Empörung sorgte. Auch Inge und Kätt wussten von heimlichen Schweinigeleien ihrer Ehemänner zu berichten. Allgemein wurde bemängelt, dass die Männer sich mittlerweile offenbar lieber mit zweidimensionalen Abbildungen vergnügten, anstatt ihre Ehefrauen zu beglücken.

Eigentlich hatten sie sich zur Planung des Weihnachtsbasars getroffen, bei dem sie alljährlich auf dem Dorfplatz Marmelade, Kekse, Likör und Selbstgestricktes verkauften. Von dem Erlös machten sie einmal im Jahr eine Busfahrt an die Mosel. Ein nennenswerter Betrag war bislang nie zustande gekommen.

Es war Helga, die heimliche Anführerin, die irgendwann, mit vom Schlehenlikör geröteten Bäckchen, begonnen hatte, zu erzählen: »Ein Kalender. Wie in dem Film, den habt ihr doch gesehen. Ein Kalender von uns, mit nix an. Jeden Monat eine von uns. Da käm Kohle raus, kann ich euch sagen!«

»Wir im Kalender? Mit nix an?«

»Selbst gedruckt. Mit nix an. Nackelig.«

Die Reaktionen reichten von verschämtem Kichern bis zu empörtem Augenrollen.

»Ja nu, wir können uns doch sehen lassen, oder? Die jungen Dinger heutzutage, die sehen doch aus wie Fernsehantennen, da is doch nix dran. Wir sind zwar alle über sechzig, aber wir wissen doch wie es läuft im Leben!«

Und schwärmerisch kalkulierte Magda: »Da zeigen wir unseren Männern mal, was sie für Granaten bei sich wohnen haben und verdienen auch noch Geld damit! Hier, Luzie, du mit deinem Riesenbusen. Kann man doch mal zeigen, so wat!«

Die Angesprochene verschränkte unsicher die Arme über der gewaltigen Brust. »Ich weiß nicht. Un wer soll uns fotografieren?«

Auch in dieser Hinsicht hatte Helga eine Lösung parat: »Der Fritz, der fotografiert doch immer bei der Zuchtbullenschau. Der hat nen Apparat un kann entwickeln un all so wat!«

»Der Fritz? Der raucht doch so viel un hat Haare im Ohr!«

»Der soll uns nur fotografieren, Mädels. Nur fo – to – gra – fie – ren.« Helga hob den Zeigefinger.

Die große, überaus magere Lina guckte säuerlich. »Aber so ein Kalender kostet doch was.«

»Außerdem sind wir nur elf.«

Ein nachdenkliches Schweigen breitete sich aus, und es kam der Moment, der immer kam. Der Moment, in dem eine Idee für den Bruchteil einer Sekunde auf der Kippe stand. Fiel sie nach hinten, war sie gestorben, fiel sie nach vorne, wurde aus ihr ein Plan.

Gerade als die Idee nach hinten kippen wollte, räusperte sich jemand, und eine Gestalt trat aus dem Halbdunkel nahe der Tür.

Melissa Frowein lebte erst seit zwei Jahren im Dorf. Sie war hier gestrandet, weil ihr Mann sein Fliesenfachgeschäft in Bergisch-Gladbach verkauft hatte, um in die Eifel umzusiedeln, wo er mit seinen dreiundsiebzig Jahren näher an seiner Jagd und am Golfplatz sein wollte. Melissa Frowein litt unter unsagbarer Langeweile.

Jetzt funkelten ihre Augen, und die kräftig getuschten Wimpern zuckten aufgeregt. »Gorgeous! Eine wunderbare Idee«, sagte sie betont akzentfrei und mit samtiger Stimme. »Ein Aktkalender! Was für ein fabelhafter Plan. Ich bin die Nummer zwölf!«

Die anderen Frauen musterten sie skeptisch. Melissa Frowein war etwa einsachtzig groß, die hohen Absätze ihrer glitzernden Schuhe nicht eingerechnet, und ihre Körpermasse war in der Mitte sehr sparsam portioniert, was einem überaus ansehnlichen Hintern und zwei ausgesprochen stabilen Brüsten sehr zugute kam. Ihr Haar war von einem Tizianrot, wie man es noch von längst vergessenen Filmstars kennt, und ihre Gesichtszüge war so ebenmäßig und fein ausgewogen, dass sie am Reißbrett entworfen worden sein mussten. Nur jemand wie Melissa Frowein konnte genau die Art von knapper Kleidung tragen, in der Melissa Frowein steckte.

»Der Kalender ist erst ab sechzig«, krähte Magda.

»Das trifft sich gut. Ich bin einundsechzig«, jubelte Melissa und warf das Haar in den Nacken. Ein Duft wie aus einem orientalischen Zaubergarten wehte durch den Raum. Sie kramte ihren Pass aus der Handtasche, legte ihn in die Mitte des Tisches und sagte stolz: »3.4.1950!«

»Uns hast du immer gesagt, du wärst Mitte Fünfzig«, maulte Hedwig und setzte ihre Lesebrille auf, um den Pass zu prüfen.

Melissa Frowein ließ ein helles Lachen aus ihrer Kehle perlen. »Und das habt ihr geglaubt!«

Die Frauen ließen die Blicke über ihren erschreckend makellosen Körper gleiten und nickten stumm. Oh ja, das hatten sie alle geglaubt.

»Ach, weißte, Melissa, das war ja nur so eine Schnapsidee«, winkte Lieselotte ab. »Wir würden uns doch niemals nackig …«

Aber Melissa Frowein ließ sich auf einen Stuhl fallen, schlug elegant die langen Beine übereinander und sagte forsch: »Red keinen Unsinn, die Idee ist fabelhaft! Also los: Wann fangen wir an?«

* * *

Fritz Körschgens war ein alter Junggeselle, der sich seit seiner Frühpensionierung verstärkt seinem Hobby, der Fotografie, widmete. Als Helga den ungewöhnlichen Auftrag an ihn herantrug, betonte er zunächst, dass er Kunstfotograf sei und mit Schmuddelkram nichts am Hut habe. Wälder, Haustiere, Kinderkommunion und Pilze. Als Hedwig ihm empört mitteilte, dass es bei ihnen und ihrem Kalender sich um so was von Kunst handele, war er fast schon umgestimmt, aber als der Name Melissa Frowein fiel, war er augenblicklich Feuer und Flamme.

Am nächsten Tag kaufte er an der Tankstelle sämtliche Herrenmagazine auf – zu »Studienzwecken«, wie er hervorhob – und ließ sich auch eine Quittung geben.

Sie begannen mit Annemarie, die eine passionierte Strickerin war. Genau solche speziellen Freizeitvergnügungen und auch berufliche Dinge waren es, die das Setting für die zwölf Kalenderaufnahmen bilden sollten.

Bei Annemarie Feuser fanden die Aufnahmen vor dem heimischen Fernseher statt. Dort, wo sie zu stricken pflegte. Ihr Mann war Vermessungstechniker und bereitete gerade in irgendeinem entlegenen Zipfel der Eifel eine Flurbereinigung vor.

»Ich kann das nicht, wenn alle zugucken«, maulte Annemarie, die bis jetzt noch in einen lilafarbenen Frotteebademantel gehüllt war. Das Wohnzimmer um sie herum war bereits mit Wolle dekoriert. Fritz hatte mit Helgas Hilfe Annemaries sämtliche Strickerzeugnisse um den alten Ledersessel drapiert, in dem Annemarie posieren sollte. Socken baumelten von der Stehlampe, Mützen, Schals und Handschuhe lagen herum, und Annemaries Spezialität, die farbenfrohen Klopapierrollenhäubchen, waren auf dem Fernseher und dem Sideboard aufgereiht worden.

»Und jetzt mach dich endlich frei«, sagte Helga barsch, aber Annemarie wimmerte und wischte sich fortwährend die Brille. »Ich bin total nervös.«

»Locker, ganz locker«, sagte Melissa, schob sich eine rote Haarsträhne hinters Ohr und zwinkerte dem Fotografen Fritz aufmunternd zu.

»Aber dat sieht sonst nur der Jupp und der Doktor Zingsheim«, jammerte Annemarie.

Schließlich befahl Helga: »Na gut, dann eben alle in die Küche, da steht Streuselkuchen.« Und als sich die Tür hinter ihnen schloss, ließ Annemarie endlich die Hüllen fallen, und alles, was noch zu hören war, war das laute Schlucken von Fritz und das leise Gemurmel der Telenovela, die im Fernsehen lief.

Fritz und die digitale Fototechnik waren einander noch nie begegnet. Er arbeitete ausschließlich analog und entwickelte am Abend die ersten Kontaktabzüge in seinem kleinen Labor. Die Bilder waren schwarzweiß, und von den quietschbunten Farben des Schals, der sich um den Hals der ansonsten splitternackten Annemarie wand, war noch nichts zu erahnen. Aber für die Betrachterinnen stand schon jetzt fest, dass hier große Kunst entstand. Die starken Kontraste zeichneten ein deutliches Bild von Annemaries Falten, und Fritz sagte lakonisch »Dat muss ich nur noch ein bisschen abwedeln« und paffte milchigen Qualm in die Luft.

Inge Pellmann war schon mutiger. Nachdem sie ein paar Tage später ihren kleinen Lebensmittelladen abgeschlossen hatte, huschten alle durch die Hintertür hinein, hängten die Schaufenster mit Bettlaken zu und installierten Fritzens alte Leuchtstrahler. Inge war viel Betrieb in ihrem Laden gewohnt, wenngleich sie sich bislang niemals vor ihren Kunden ausgezogen hatte. Aber das wohlige Umfeld von Waschmitteln, Ketchupflaschen und Bonbongläsern machte es ihr leicht. Für das Foto lehnte sie sich weit über die Theke und streckte dem Bildbetrachter schließlich lächelnd und mit baumelnden Brüsten eine Scheibe Fleischwurst entgegen.

»Wat machst du denn da?« Magda hatte Luzie überrascht, die sich im hinteren Teil des Ladens an der Obstwaage zu schaffen gemacht hatte.

Luzie errötete. »Wo ihr doch immer sagt, ich hätte so nen Riesenbusen. Da dachte ich, ich wieg den mal.«

»Und?«

»Links 1,8 Kilo.«

Sie trafen sich in unregelmäßigen, aber immer kürzer werdenden Abständen. Sie waren euphorisch.

»Ich hab mich aber noch nie rasiert.« Weinandys Gretchen guckte empört. Sie posierte im Gewächshaus. Inmitten der Strauchtomatenschwemme des Jahres.

»Nu komm«, sagte Fritz ungehalten. »Vor allem die Oberlippe un dat Kinn. Dat geht später ganz schwer wegzuretuschieren. Aber auch dat andere da … dat … Dingens.«

»Ja, wirklich«, pflichtete ihm Melissa Frowein mürrisch bei. »Das sieht ja aus, als hättest du einen Cockerspaniel auf dem Schoß sitzen.«

Hedwig Klütsch war die erste, die sich in Gottes freie Natur traute. Als Zeitungsausträgerin war sie tagtäglich mit dem Fahrrad unterwegs. Was lag also näher, als sie auf ihrem Lieblings-Fortbewegungsmittel abzulichten. Sie versuchten es auf einem Wirtschaftsweg zwischen Denster und Orft, und ein paar der Frauen standen an der einen Einmündung Schmiere, die anderen am Ende des Weges in Richtung Orft. Fritz hatte den Ehrgeiz, Hedwig in voller Fahrt zu fotografieren. Da der Weg extrem uneben war, bewegte sich Hedwig mit heftigem Geruckel vorwärts, und man hörte Fritz nur laut fluchen: »Die Brüste werden unscharf! Die Brüste werden unscharf!«

Drei Tage später verlud Gretchen vor dem Lidl einen ganzen Karton Rasierschaum in ihr Auto. »Hastet dir doch noch mal überlegt? Willste dich jetzt doch mal rasieren?«, fragte Lieselotte, die zufällig neben ihr parkte.

»Nee«, keuchte Gretchen. »Ria wird das Dezember-Girl, da muss Schnee auf der Fensterbank vom Stall liegen.

»Aber ich will dat nicht! Dat mit der Melkmaschine«, jammerte Ria Dümpelfeld. »Dat tut bestimmt weh.«

Fritz Körschgens seufzte und murmelte etwas wie »Amateure«. Er und Melissa Frowein warfen sich ein paar schnelle Blicke zu, die der aufmerksamen Helga nicht entgingen. Helga witterte Ärger.

Wenigstens den Melkschemel ließ sich Ria dann irgendwann umschnallen. Den Plan, die nackte Ria am Euter zapfend zu zeigen verwarf Fritz Körschgens als »zu verwirrend«.

Der Rasierschaum sah tatsächlich aus wie sechzig Zentimeter Neuschnee.

Lenzens Kätt war schon verwegener, als es darum ging, blank zu ziehen. Sie war ebenso Landwirtsfrau wie Ria, aber sie fühlte sich mit den Gummistiefeln ausreichend bekleidet, weil sie, wie sie mit einem Anflug von zarter Röte im Gesicht zugab, auch hin und wieder nackt durch die Wohnung zu putzen pflegte. Zudem gab ihr die Mistforke, mit der sie das Stroh wendete, Halt. Fritz hatte ihr als künstlerisches Accessoire ein paar Strohhalme in die grau melierten Haare gesteckt.

»Ich fühl mich so frei!«, kreischte sie nach der knapp anderthalbstündigen Session, warf Arme und Beine in die Luft und riss Fritz mit der Forke fast ein Ohr ab.

Sie verrichteten ihre künstlerische Tätigkeit heimlich und unentdeckt. Dank dem offensichtlichen Desinteresse der Männer an ihren Ehefrauen drohte von dieser Seite keinerlei Gefahr. Helga Wellenberg aber spürte deutlich, dass Ungemach drohte. Eine Gefahr, die von innen kam. Und sie wusste auch schon, an welchem Punkt der Krach spätestens losgehen würde. Sie starrte zu Melissa Frowein hinüber, die sich vor dem Seitenspiegel ihres Mercedes die Lippen nachschminkte.

»Die blöde Kuh«, flüsterte Gretchen, die unvermittelt an Helgas Seite aufgetaucht war. »Die kriegt doch Bofrost gespritzt, oder wie dat heißt.«

»Botox.«

»Genau. Un Pitralon im Busen.«

»Silikon.«

Zwei Schäferhunde und ein räudiger Spitz waren Lieselotte Reifferscheids ganzes Glück. Und deshalb mussten die Vierbeiner auch mit aufs Bild. Ein Spaziergang am Waldrand. Die kleine Lieselotte trug nichts als derbe Wanderschuhe und pfiff mit grell geschminkten Lippen ein Wanderlied. Die Situation drohte zu eskalieren, als ein Karnickel auftauchte und die Hunde, die bislang an ihren und an Lieselottes Hinterteil geschnüffelt hatten, dazu veranlasste, in gestrecktem Galopp davon zu rennen, die nackte Lieselotte im Schlepptau.

Auch Luzie Pannenbecker mit dem Riesenbusen wollte nicht an die Melkmaschine. Während die anderen noch versuchten, sie zu überreden, beobachtete Helga im hinteren Teil Melissa Frowein und Fritz Körschgens, die vertraulich nebeneinander auf einem Strohballen hockten, einander Dinge ins Ohr flüsterten und leise kicherten.

Luzie wurde dann schließlich im Gemüsebeet fotografiert. Sie lag verzückt lächelnd auf dem Rücken zwischen zwei Reihen Porree, und es sah irgendwie aus, als halte sie zwei große blassrosa Kürbisse im Arm.

Mit »Miss September« Lina Kerzmann war es schwierig, weil sie so mager war wie ein Stangenbrot. »Sieht aus, als hättest du einen schlecht sitzenden Mantel an«, sagte Melissa kaum hörbar. Fritz kam schließlich auf die Idee, Lina bei gnädigem Licht bei Sonnenuntergang in ihrem Fischteich abzulichten. »Das schmeichelt deinen Formen«, sagte er, während die Forellen neugierig um Linas weißen Körper herumwimmelten.

Der Wald war Magda Theisens bevorzugter Aufenthaltsort. Sie war pensionierte Kindergärtnerin und konnte anscheinend ohne Kastanienmännchen und Tannenzapfentierchen nicht leben. Fritz fotografierte sie von hinten, die Leiter des Hochsitzes hinaufsteigend. Nicht nur der Fotograf, sondern auch seine Modelle wurden immer mutiger. Als sich irgendwann Schüsse und fliehendes Wild näherten, waren die Aufnahmen Gott sei Dank im Kasten.

Eines Tages kam Melissa Froweins großer Auftritt. Ohne lange nachzudenken, hatte sie den Golfplatz als Background für ihre Session vorgeschlagen. Damit, so sagte sie kokett, werde sie auch ihrem Mann eine echte Freude bereiten. Das Kleid, das sie trug, ließ sich mit einer einzigen Handbewegung und dem Öffnen eines einzigen Reißverschlusses vom Körper entfernen. Auch die hauchfeine cremefarbene Spitzenunterwäsche entfernte sie geübt und mit eleganten Bewegungen. Ihr Körper war braungebrannt, und man musste schon sehr genau hinsehen, damit man die verräterischen, kaum wahrnehmbaren Narben unter den Brüsten erkennen konnten.

»Sag ich doch«, murmelte Gretchen. »Pitralon.«

»Silikon«, zischte Lieselotte, die sich gerade erst am Vortag im Baumarkt erkundigt hatte, was denn so eine Tube überhaupt kostete.

Melissa posierte lasziv und gekonnt, spielte neckische Spielchen mit einem 7-er Eisen und kniete sich zum furiosen Finale sogar mit gespreizten Beinen und verführerisch gerecktem Po vor Loch neun, wobei sie mit der flachen Hand bedeckte, was nicht zu sehen sein durfte. Die Frauen hatten nur stumm zugeguckt, und zeitweise waren nur die weit entfernten Straßengeräusche zu hören gewesen. Und das Keuchen des Fotografen. Dieses Luder, da waren sie sich später einig, die hatte das nicht zum ersten Mal gemacht.

Es blieb noch Helga Wellenberg.

Helga sorgte stets für frischen Blumenschmuck in der Kirche, sang im Chor und pflegte regelmäßig die Beete am Kinderspielplatz. Alles als Kulisse völlig ungeeignet. Sie hatte sich viele Gedanken gemacht, wie sie als Rädelsführerin des ganzen Projekts sich ins Bild gesetzt sehen wollte, und schließlich war sie auf etwas sehr Einfaches gekommen.

Es war ein traumhaft schönes Bild, als Helga ihren immer noch durchaus vorzeigbaren vierundsechzigjährigen Körper in das Wasser tauchte, das in der alten Emaillebadewanne war, die ihr Dasein als Viehtränke auf einer Weide fristete. Die Sonne strahlte, am nahen Apfelbaum leuchteten die roten Früchte, die Kühe gruppierten sich interessiert um die Frau in ihrer Tränke, und schließlich setzte sich sogar ein bunter Schmetterling auf Helgas Nase.

»So«, sagte Fritz zufrieden und rieb sich über das stoppelige Kinn. Er sah sehr glücklich aus. »Jetzt haben wir alles zusammen.«

Am Abend saßen sie im Gemeindehaus beisammen und sichteten das Fotomaterial, das Fritz Körschgens im Laufe der letzten Wochen zusammengetragen hatte. Sie waren begeistert. Mit einem Gläschen Schlehenlikör stießen sie auf die gelungenen Aufnahmen an, sie fachsimpelten Silikon aus dem Baumarkt und über die Frage, ob rechte und linke Brüste gleich viel wogen, und schließlich räusperte sich Fritz Körschgens vernehmlich und sagte mit gepresster Stimme: »Ja, und dann kommt ja auch noch dat hier … Also das Foto für … Ihr wisst schon.« Und er legte mit verhaltener Geste eine Fotografie auf den Tisch, mitten auf die anderen Bilder. »Dat Covergirl.«

Diese Aufnahme war ohne ihr Beisein gemacht worden. Es war eine weichgezeichnete Fotografie, die eine Frau mit verruchtem Augenaufschlag zeigte, die sich zwischen Bettlaken räkelte. Das durchs Fenster hereinscheinende Licht verwandelte ihren Körper in eine stark kontrastierende Dünenlandschaft. Melissa Frowein sah aus wie tausend und abertausend Modelle in tausend und abertausend Männermagazinen.

Helga schlug mit der Faust auf den Tisch. »Momentchen mal, Fritz! Wer auf dat Titelbild kommt, dat bestimmen immer noch wir!«

Stumm begann Fritz Körschgens damit, die Fotografien einzusammeln. Als er sie mit zitternden Fingern in seine Aktenmappe schob, sagte er mit verkniffenem Mund: »Keine

Diskussion. Dat Foto oder überhaupt keins.« Dann verließ er hastig den Raum.

»Den bring ich um«, flüsterte Helga und ballte die Fäuste. »Den bring ich eigenhändig um.«

* * *

Das Blut tropfte unaufhörlich. Es kam aus einer tiefen Wunde in der Schläfe. Helga starrte mit angehaltenem Atem auf den leblosen Körper.

Sie hatte Körschgens aufgesucht, um mit ihm zu reden. Sie hatte gespürt, dass es Melissa Frowein gewesen sein musste, die ihn unter Druck gesetzt hatte. Diese Schlange, diese durchtriebene Stadtschlampe!

Und jetzt lag er da. Tot auf seinem Bett. Und diesmal war er es, der splitterfasernackt war. Auch kein allzu schöner Anblick.

Und neben dem Bett stand Melissa, nur mit einem Slip bekleidet, und hielt zitternd das 7-er Eisen in der Hand. »So ein Versager«, stammelte sie mit tonloser Stimme. Konnte sich nicht entscheiden zwischen mir und euch.«

Hinter Helga drängten Inge und Gretchen in den Raum, die hinter ihr hergelaufen waren, um sie aufzuhalten. Sie hatten, ebenso wie sie, Körschgens' Haustür unverschlossen vorgefunden, und sie hatten, ebenso wie sie, den schrecklichen Schrei des Sterbenden gehört.

»Es war alles geklärt. Er hat gesagt, dass er diese ganze kranke Scheiße mit euch nur gemacht hat, um an mich heranzukommen. Die ganze Zeit hat er mir versprochen, er werde einen Kalender nur mit mir machen. Nur mit meinem Körper. Nur für mich. Mein Gott, ich habe sogar mit diesem fiesen Typ mit den vielen Haaren in den Ohren geschlafen, und jetzt erzählt er mir plötzlich, der Kalender sei aber eigentlich doch so was wie Kunst. Der ganze Quatsch mit dem Porree und dem Fahrrad und den Hunden sei Kunst, und das wisse er genau seit diesem doofen Schmetterling, der sich auf deine krumme doofe Bauernnase gesetzt hat!« Sie flennte plötzlich laut los. »Es ist so doof hier bei euch in der Eifel!«

Die drei Frauen betrachteten sie mit Abscheu. »Wenn jetz die Polizei kommt un die Zeitung, dat is ja für unseren Kalender ne Wahnsinns-Possibility«, sagte Gretchen nach einer Weile mit einem zaghaften Lächeln.

»Publicity. Der wird laufen wie geschnitten Brot«, freute sich auch Inge und stutzte plötzlich. »Aber die da …« Sie wies auf Melissa Frowein, die sich gerade, immer noch schluchzend, ihren Büstenhalter anzog. »Die da, die fliegt raus.«

Helga schüttelte mit einem maliziösen Lächeln den Kopf. »Nee nee, die da wird noch mal ganz neu fotografiert werden. Aber diesmal von uns. Und diesmal nicht an Loch neun.«

In den Augen der beiden anderen Frauen blitzte es auf, und Melissa Froweins gezupfte Augenbrauen krochen in banger Vorahnung auf einander zu,

»Melkmaschine?«

»Melkmaschine!«

Es fährt ein Zug nach Gerolstein

Rico Diamond stand in der Tür. Der Blick aus seinen rotgeränderten Augen war der eines Irren, seine Hände zitterten, ein Schweißfilm klebte auf seiner Stirn.

Stumm schnappte er nach Luft und klammerte sich am Rahmen der Hotelzimmertür fest.

»Du hast dein Toupet nicht an, Rico.«

»Ich weiß, aber ...«

»Wenn dich einer sieht! Das Hotel ist voll, Mann!«

»Das ist mir egal. Hör zu, Günni, ich ...«

»Komm rein, bevor dich einer sieht.«

Aber Rico Diamond blieb bibbernd im Rahmen stehen. »Ich kann meine linke Socke nicht finden, Günni. Meine linke Socke ist weg. Weißt du, was das bedeutet?«

Günni biss sich auf die Lippen. Es war schlimmer, als er gedacht hatte. Nicht nur, dass Rico vergessen hatte, sein Toupet aufzusetzen, wo doch jeder im Hotel ihn sehen konnte, nein, jetzt auch noch so was.

»Sie wird schon irgendwo ...«

»Sie ist weg, Günni! Weg!«

»Das Zimmermädchen ...«

»Ich habe jeden verdammten Angestellten in diesem Hotel gefragt, Günni ...«

»Gefragt? Ohne Toupet?«

»Sie ist weg! Es geht wieder los!«

Günni Kovacz hatte schon viel erlebt. Die Neurosen seiner Schäfchen hatten ihm zu Beginn seiner Laufbahn den Schlaf geraubt. Es hatte ihn geängstigt, wenn die eine nur Mondwasser trank, wenn der andere ohne vier Kilo Büffelmozzarella in der Garderobe nicht auftrat oder wenn wieder ein anderer nur auf einer Matratze schlief, die mit Allgäuer Weidenheu aus dem letzten August gefüllt war. Später hatte er sich an die Macken und Nörgeleien gewöhnt. Sie waren nur Menschen, und er hatte sie irgendwann alle in den Griff gekriegt. Für die meisten dieser Künstler war er mit seinen fünfundsechzig Jahren eine Art Vaterfigur. Einer, der geradebog, was schief geraten war, einer, der sie ernst nahm, sie behütete und ihnen die Wünsche von den Augen ablas.

Rico Diamond war ein spezieller Fall.

Eigentlich hieß er Franz Knettenbrech. Mit einem Namen wie diesem hätte er es natürlich niemals geschafft. Aber Franz … oder Rico … hatte Gold in der Kehle. Vor dreißig Jahren hatte Günni ihn auf einem Schützenfest am Niederrhein entdeckt. Da hatte er selbst getextete Liedchen geträllert. Ein fünfundzwanzigjähriger Schlosserlehrling mit pechschwarzem Haar.

Nun, Rico … oder Franz … war jetzt keine fünfundzwanzig mehr und hatte auch kein pechschwarzes Haar mehr. Aber dafür war er im deutschen Sprachraum ebenso bekannt wie Heino oder Karel Gott. Er hatte auf jeder Bühne Deutschlands gestanden, war in jeder Fernsehshow aufgetreten, hatte Gastspiele auf Mallorca, in Italien und in den Staaten gegeben …

… bis diese Sache vor drei Jahren passiert war. Zuerst hatte es ganz harmlos begonnen. Ein weiblicher Fan hatte Rico immer wieder Briefe geschrieben. Eigentlich nichts Außergewöhnliches. Walburga Mießeler hatte all seine Konzerte besucht. Sie musste Unsummen ausgegeben haben, um immer in der ersten Reihe zu sitzen, wo auch immer er auftrat. Dann war sie immer häufiger in den Hotels aufgetaucht, in denen er logierte. Einmal, in Frankfurt, da hatte sie sogar das Nachbarzimmer gebucht und hatte ihm während seines dreitägigen Aufenthalts immer wieder aufgelauert. Da hatte es angefangen, kritisch zu werden. Sie hatte offenbar das Zimmermädchen bestochen, um in seine Suite eindringen und persönliche Dinge an sich nehmen zu können. Aber das war erst der Anfang gewesen. Mit einer geklauten Socke hatte damals alles angefangen.

Liebes Tagebuch,

Rico ist mein. Mein, mein, mein. Jeden Abend knie ich vor dem Altar, liebkose seine Socke, trinke aus dem Glas, aus dem auch er trank und lasse meinen nackten Körper unter dem Kitzeln der Zahnseide, die ich im Abfalleimer gefunden habe, erschauern. Rico, du bist bei mir. Rico. Wann werden wir für immer vereint sein? Rico, wenn du morgen bei Melodien für Millionen *auftrittst, sing bitte nur für mich.* Unsere Liebe ist wie ein schlummernder Vulkan.

Ich werde bei dir sein. Immer.

Der Wagen holte sie vom Hotel *Calluna* ab, das hoch über dem Städtchen Gerolstein am Waldrand lag. Auf der anderen Seite des Tales leuchteten die schroffen Abhänge der Dolomitfelsen rotgolden im Sonnenlicht. Es war ein ungewöhnlich schöner Morgen in diesem verregneten Sommer. Ricos Gesicht war grau und schlaff. Sein Toupet saß schlecht. Nicht nur echte Haare machten bei mieser Stimmung, was sie wollen.

»Sie hat wieder angefangen«, knurrte er, kaute einen Nikotinkaugummi und zupfte an seinen Nikotinpflastern herum. »Sie wird wieder loslegen, genau wie damals, diese Irre.«

»Das Gericht hat ihr untersagt …«

Rico fuhr in seinem Sitz hoch. »Das Gericht ... das Gericht … Die ist total durchgeknallt, die Alte. Die ist gefährlich. Die interessiert doch einen Scheißdreck, was ihr das Gericht …«

Günni legte ihm einen Arm auf das Knie. »Ruhig, Rico, ruhig. Du musst keine Angst haben.«

Günni nannten sie den Promiflüsterer. Er wusste, wie er sie zu behandeln hatte. Er hätte Michael Jackson schon zur Räson gebracht, und auch Harald Juhnke hätte er wieder auf die Reihe gekriegt, wenn man ihn gefragt hätte. Wenn er sein Schützling gewesen wäre, wäre auch Rex Gildo nicht aus dem Fenster gehüpft, und das mit Amy Winehouse … Nun ja, alles nicht seine Fälle.

Er hatte Rico Diamond. Eins von seinen Schäfchen, das besondere Aufmerksamkeit brauchte.

Nach dieser Geschichte mit der Stalkerin hatte Rico vierzehn Monate in einer Klinik verbracht. Ganz still und heimlich und von der Öffentlichkeit völlig unbemerkt. Es hatte Günni viel Mühe gekostet, alles unter der Decke zu halten. Rico Diamond in der Klapse, na das wären ja schöne Schlagzeilen gewesen.

»Wohin fahren wir?« Ricos unsteter Blick war auf die vorbeifliegenden Häuser des Städtchens gerichtet.

»Zu einem *Lokschuppen*. Dein Auftritt heute Abend.«

»In einem *Lokschuppen*?« Es klang matt und teilnahmslos.

»Super Location. Ganz tolles Ambiente. Da sind schon alle aufgetreten … Klaus Lage, Guildo Horn, Götz Alsmann …«

»Wieviel?«

»2000 Stehplätze in der großen Halle …«

»2000?« Rico Diamonds Schnaufen klang verächtlich. »In der *Halle Münsterland* hatte ich 26.000.«

»Ähm, du bist nicht in der großen Halle, du bist in der Loft Lounge im ehemaligen Magazin.«

»Und da?«

»150 Sitzplätze.«

»Ausverkauft?«

»Noch nicht ganz. Zweiundsiebzig bis jetzt. Aber an der Abendkasse …«

Rico Diamond verfiel in düsteres Brüten.

Auf einer Brücke überquerten sie die Schienenstränge der Bahnstrecke Köln-Trier. Schlechte Stimmung.

Günni Kovacz dachte an die großen Erfolge zurück. *Grugahalle, Europahalle* … Beim Grand-Prix-Sieg mit *Eine grüne Insel aus Liebe* war ganz Deutschland im Rico-Diamond-Fieber gewesen. Er war insgesamt siebzehn Mal bei *Wetten, dass?* gewesen und stand als Wachspuppe bei *Madame Tussauds* in Berlin. Rico Diamond war einer von den ganz Großen … gewesen.

Und jetzt sang er vor zweiundsiebzig Nasen in der Eifel.

Rico zuckte plötzlich zusammen. Sein Kopf fuhr zu seinem Manager herum.

»Wie heißt das hier? Gerolstein? Ist das hier Westerwald? Oder Hunsrück?«

»Nein, nicht direkt …« Günni kaute auf der Unterlippe.

»Die Eifel? IST DAS HIER DIE EIFEL?«

Günni nickte.

Und Rico Diamond rastete aus. »Die Eifel! Ach du Scheiße, ich bin in der Eifel!« Er packte Günni Kovacz am Revers und schüttelte ihn heftig, er hüpfte auf seinem Autositz hin und her, schrie, schnaufte, keuchte. »Walburga Mießeler kommt aus der Eifel, du Idiot!«

Liebes Tagebuch,

das Gericht hat mir verboten, mich ihm zu nähern, ich weiß. Aber ein Gericht weiß auch nicht, wie viel uns verbindet, wie viele Stunden zügelloser Leidenschaft wir miteinander verbracht haben, auch wenn wir viele hundert Kilometer getrennt waren. Rico und ich, wir sind eins. Er hat für mich Der Mond träumt für uns *geschrieben, das fühle ich.*

Und jetzt kommt er zu mir. Er kommt in die Eifel!

Ein paar Jahre blühte meine Leidenschaft im Verborgenen, aber jetzt werde ich ihn wiedersehen. Ein Gericht von dieser Welt kann uns eben nicht trennen. Ein Gericht von dieser Welt weiß nichts von unseren Herzen, die im gleichen Takt zu Zieh dein Herz für mich aus *schlagen. Rico, bald sind wir wieder vereint.*

Es dauerte eine geschlagene Viertelstunde, bis Günni und der Fahrer ihn von dem Brückengeländer lösen konnten. Der Wagen stand quer auf beiden Fahrbahnen, der Stau reichte auf der einen Seite bis Pelm und in der Gegenrichtung bis zum Gewerbegebiet.

»Und du versprichst mir, dass sie nicht kommt?«, bibberte Rico Diamond, während sie ihn ins Auto zurückschoben.

»Es ist ihr gerichtlich verboten worden. Sie hat vier Jahre stillgehalten, und das wird sich jetzt nicht ändern«, sagte Günni beschwichtigend. »Wahrscheinlich ist sie jetzt Roland-Kaiser-Fan oder so was Krankes.«

»Aber sie wohnt in Büscheich. Das ist doch in der Eifel, oder? Die haben damals geschrieben, sie käme aus der Eifel.«

»Kann sein, kann sein, aber das heißt nichts. Du bist stark, Rico. Und dir droht keine Gefahr, weil sie nicht da sein wird.«

Rico zitterte den ganzen Weg bis zum *Lokschuppen*. Trotz des strahlenden Sonnenscheins machte er den Eindruck, als habe ihn heftiger Schüttelfrost überfallen. »Ich würde gerne eine rauchen«, flüsterte er, als der Wagen anhielt.

»Unsinn, Junge. Das hast du doch hinter dir. Denk an deine Fans. Guck, da vorn sind schon welche.« Günni zupfte noch ein paar Härchen des Toupets zurecht und schubste ihn aus dem Wagen.

Drei junge Leute kamen kichernd auf Rico zu, der die Brust straffte und versuchte, souverän zu wirken. Zwei Mädchen stießen den jungen Mann in die Seite. »Los, trau dich«, zischte die eine, und der Mann bat zaghaft um eine Autogrammkarte. »Schreiben Sie bitte ›Für Matthias Leyendecker‹.«

Rico lächelte zaghaft und schrieb.

»Schön, dass Sie uns in der Eifel besuchen, Herr Diamond. Es gibt nicht mehr viele wie Sie.«

Fans. Gut. Günni Kovacz nickte, wie um sich selbst zu bestätigen. Fans taten ihm gut. Junge Fans erst recht. Es würde gut laufen.

Der *Lokschuppen* war tatsächlich eine spektakuläre Location. Ölgeruch hing in der Luft, einige alte Schätzchen standen auf den Gleisen, die fächerartig auf die große Wand aus Eisentoren zuliefen. Die Triebwagen und Waggons waren noch rostfleckig und ungeschminkt und befanden sich in verschiedenen Stadien der Renovierung. Günni Kovacz konnte sich gut vorstellen, dass dies, wenn erst mal alles für ein Konzert leergeräumt war, eine wirklich außergewöhnliche Veranstaltungshalle darstellte. Er liebte alte Industriegebäude. In ihnen war es hundertmal atmosphärischer als in jeder neu errichteten Eventhalle mit allem Zipp und Zapp.

Während Jörg Petry, der Chef der Anlage, sie herumführte, konnte er nur mühsam seine Enttäuschung darüber unterdrücken, dass der Abend mit nicht mal achtzig verkauften Karten der Flop des Jahrzehnts werden würde. Er beteuerte wortreich, man habe alles Menschenmögliche getan, um die Zuhörer zu locken. Man habe die Werbetrommel gerührt und die Presse aktiviert, aber offenbar gebe es zu viele Konkurrenzveranstaltungen, oder irgendein Länderspiel, oder das zu schlechte Wetter der vergangenen Wochen oder das zu gute Wetter der bevorstehenden Tage habe ihnen einen Strich durch die Rechnung gemacht.

Günni Kovacz hörte sich all das mit Gleichmut an und dachte bei sich: Bringen wir's auf den Punkt, Rico Diamond ist weg vom Fenster.

Seit seinem Verschwinden in der Klinik war es still um ihn geworden. Nachdem er über ein Jahr von der Bildfläche verschwunden war, hatten die Engagements rapide nachgelassen. Und das Schlimmste war, dass auch all seine CDs mittlerweile wie Blei in den Regalen lagen. Ein Millionenkapital lag brach.

Was diese Frau ihm damals angetan hatte!

Sie hatte ihn entführt. Zwei Tage war er im Partykeller ihrer im Urlaub befindlichen Freundin in Stuttgart eingesperrt und gefesselt gewesen, ohne dass ihn jemand ernsthaft vermisst hatte. Selbst Günni hatte damals gedacht, es habe sich wieder mal um eine von Ricos kleinen Eskapaden gehandelt.

Walburga Mießeler hatte ihm achtundvierzig Stunden einen Rico-Diamond-Schlager nach dem anderen vorgespielt und ihm dazu etwas vorgetanzt. Von A wie *Am Abend schmecke ich deine Tränen* bis Z wie *Zwei verliebte Zypressen*.

Sie hatte ihm seine Leibspeise eingetrichtert. Sechs Mahlzeiten lang Shrimpscocktail.

Seither kotzte Rico ohne Vorwarnung los, wenn er nur das Wort Shrimps hörte oder las.

Schließlich kam man ihr auf die Spur, weil sie dabei beobachtet worden war, wie sie an der Hotelbar heimlich K.O.-Tropfen in seinen Cocktail gemischt hatte. Als Rico Diamond gefunden wurde, war er ein gebrochener Mann. Sie hatte seine Lippen wundgeküsst und mehrfach erfolglos versucht, ihn sexuell zu befriedigen.

Liebes Tagebuch,

ich weiß nicht so recht, was ich anziehen soll. Das eng anliegende, gelbe Kleid oder das gestreifte Kostüm? Er soll ahnen, dass ich dieselbe Unterwäsche trage wie vor vier Jahren, als ich für ihn getanzt habe. Ich werde nicht in der ersten Reihe sitzen, denn das würde ihn nur nervös machen. Er muss sich auf seine Kunst konzentrieren. Er muss sein Publikum glücklich machen. Ich bin es ja schon. Allein schon, weil ich ihn wiedersehen werde. Ob er sich an die heißen Küsse erinnert? Rico, ich höre schon dein Herz schlagen!

Das war also die sogenannte Loft Lounge. Picobello, aber für einen Showstar von Ricos Kragenweite eine Hundehütte. Günni Kovacz seufzte. Rico war beschäftigt. Eine junge Frau hatte sich als »Vanessa Sandgathe, Erste Vorsitzende des Rico-Diamond-Fanclubs Vulkaneifel e. V.« vorgestellt und ließ sich mit ihm fotografieren. So so, in der Eifel gab es also sogar noch einen Fanclub.

»Da oben finden Sie die Bühnengarderobe.« Jörg Petrys Finger wies in den ersten Stock. »Sie hatten nichts Besonderes für Herrn Diamond geordert, und da haben wir nach eigenem Gusto ein kleines Buffet zusammengestellt.«

Hoffentlich keine Shrimps, dachte Günni Kovacz grimmig.

Nachdem sie hinter dem *Lokschuppen* eine alte Dampflok aus dem Jahr 1942 bestaunt hatten, aus deren Schlot dichter schwarzer Qualm in den Sommerhimmel stieg, kam der rote Schienenbus an, der die ersten Gäste vom Bahnhof Gerolstein herüberspedierte. All das gehörte zum Beiprogramm. Rico winkte den Ankömmlingen zu, Autogramme wurden verteilt, die Stimmung blühte auf. Rico drehte sich zu ihm um und zwinkerte ihm zu. Er wurde lockerer, es sah ganz so aus, als würde der Abend gut verlaufen.

Ganze 85 Gäste fanden ihren Weg zu dem Konzert. 90 Prozent Frauen, 95 Prozent über Fünfzig.

»Die jungen Fans waren Ausrutscher gewesen, was?«, japste Rico in der Pause in der Garderobe. Er hatte riesige Schweißflecken unter den Armen. Günni reichte ihm ein neues Hemd. »Oder hattest du die bestellt?« Er grinste breit, als er, immer noch schwer atmend, vor dem Spiegel Platz nahm, um beim Toupet nachzukleben. »Dir traue ich alles zu.«

»Sie finden dich heiß«, sagte Günni, »egal, wie alt sie sind. Sie brennen, Rico, spürst du's?«

»Ja, ja, ich spür's!« Rico lachte laut auf. »Das tut gut. Ich bin wieder da, Günni, ich bin wieder da!« Er fuhr auf seinem Stuhl herum. »Wenn ich es hier in … Gerol … Dings …«

»Gerolstein.«

»Genau, wenn ich es hier in Gerolstein schaffe, dann …«

»Du schaffst es überall, Rico! Überall!«

»Ich will nicht mal mehr rauchen, Günni!«

Als Rico sich wieder zum Spiegel wandte, kräuselte sich plötzlich seine Stirn. »Hast du mein Deo weggenommen, Günni?«

Für einen Moment hing bleierne Stille über dem Garderobenraum.

Dann murmelte Rico: »Ich werd's im Hotel vergessen haben.« Und noch einmal leiser: »Ja, vergessen, ganz genau. Einfach vergessen.«

Nach der Pause war Rico nicht mehr derselbe. Hatte er sich in der ersten Dreiviertelstunde die Seele aus dem Leib gesungen, kam sein *Wieg deinen Körper im Wind wie das Gras* jetzt unangenehm krächzend. Das neue Hemd war bereits nach den ersten zehn Minuten durchgeschwitzt, obwohl er mit den Bewegungen immer sparsamer wurde. Seine Hüftschwünge waren lahm, seine Armbewegungen dafür fahrig. Irgendwann begann er, sich an den Nikotinpflastern zu kratzen. Das Publikum reagierte verunsichert. War das noch derselbe Mann, der ihnen vorhin so eingeheizt hatte?

Walburga Mießeler kaute auf den Nägeln. Ruhig, mein Schatz, ruhig. Sie tun dir nichts, sie hören deine Musik gerne. Sei nicht nervös, ich bin doch bei dir.

Und unwillkürlich reckte sie den Kopf ein bisschen höher als vorhin, beugte sich ein wenig aus der letzten Reihe nach vorne, öffnete den Mund, um ihn anzufeuern, schwieg aber …

… als er sie entdeckte.

Aus.

Vorbei.

Sein Gesang brach ab. Aber nicht abrupt von einem Ton auf den nächsten, sondern regelrecht in Zeitlupe. Die Zeile »… und hast mir mit Deinen Lippen das Leben neu eingehauhauhuuuucht …« bröckelte mit einem gurgelnden Kiekser weg, zerfiel in nuschelnde Laute. Rico Diamond taumelte nach hinten, fing sich, konnte ihren Blick nicht loslassen, und mit einem schrillen Aufschrei sprang er schließlich seitlich von der Bühne, stieß seinen Manager grob zur Seite, stieß jeden weg, der sich ihm in den Weg stellen wollte.

Walburga Mießeler setzte ihm ohne zu zögern nach. »Warte doch!«, schrie sie. »Komm zurück zu mir!«

Aber Rico stolperte vorwärts, taumelte mit ungelenken Schritten aus dem Gebäude heraus, am *Lokschuppen* vorbei auf das Gleisbett zu und sprang hinunter. Der Schotter knirschte unter seinen Füßen, er verlor immer wieder das Gleichgewicht, als er über die Gleise strauchelte.

»Geh weg!«, schrie er. »Lass mich in Ruhe! Lass mich endlich in Ruhe, du verdammte, durchgeknallte Alte!«

Als Günni Kovacz wenige Augenblicke später mit zahlreichen anderen Gästen den Bahnsteig erreichte, war Walburga Mießeler bereits auf den Schotter hinuntergeklettert und lief schreiend hinter dem Objekt ihrer Begierde her. Doch sie erreichte ihn nicht mehr.

Dafür aber der Regionalexpress 22, der von Trier nach Köln brauste, und im nächsten Moment den Körper von Rico Diamond mit einem grässlichen Geräusch von den Schienen fegte.

Günni Kovacz deutete wieder ein Nicken an. So in etwa hatte er sich das vorgestellt, als er Walburga Mießeler die Freikarte geschickt hatte. Er knüllte in seiner Jacketttasche die Socke zusammen. Für ihn und Rico war dies der einzige Ausweg gewesen. Jetzt musste er sich um die Plattenverkäufe keine Sorgen mehr machen. Das würde endlich wieder ordentlich rappeln. »Für dich war der Zug abgefahren, Rico«, murmelte er. Und dann musste er heimlich über seinen eigenen Witz kichern.

Liebes Tagebuch,

Rico ist fort. Und doch ist er ganz nah bei mir. Als niemand zusah, habe ich mir ein Ohrläppchen von ihm in die Handtasche gesteckt. Ich bin immer sehr, sehr zärtlich zu ihm.

Es steht in den Sternen

Bolligs Lud ist Junggeselle. Schon lange. Schwer vermittelbar. Wir sitzen fast jeden Abend nebeneinander in der Kneipe und trinken zwei, drei Bier zusammen. Heute zeigt er mir seinen Hinterkopf, deutet vage mit dem Zeigefinger auf sein graumeliertes, krauses Haar und brummt: »Siehste hier. Ne Treppe.«

Ich nicke zustimmend und sage: »Tatsächlich, total verschnitten.« Astrid aus dem Friseursalon hat ihm eine ordentliche Schneise in die Frisur geschlagen. Das ist kein Wunder, denn Astrid kann überhaupt nicht Haare schneiden. Sie ist für zwei Wochen die Urlaubsvertretung, und jeder, der sich in dieser Zeit in den Laden traut, ist selber schuld.

Die Augen von Lud sind trübe und wässrig. Er sieht aus, als hätte er schlecht geschlafen. »Und der Witz ist, dass das Horoskop mir gesagt hat … Moment mal …« Er kramt einen Schnipsel Zeitungspapier hervor und entziffert mit zusammengekniffenen Augen die kleine Schrift. Er versucht es betont hochdeutsch. »Tun Sie etwas für Ihr Äußeres. Kaufen Sie sich ein paar mutige neue Kleider. Einen Friseurbesuch sollten Sie heute jedoch vermeiden. Gehen Sie stattdessen lieber in ein Sonnenstudio.«

Bolligs Lud ist Widder. Und Bolligs Lud erzählt mir seit ein paar Tagen, dass sein Horoskop wieder und wieder recht behält. »Weißt du, vorgestern das mit dem Geld. Da steht morgens drin, dass ich Geld kriegen soll. Ganz unverhofft. Und am Nachmittag, da finde ich … hab ich dir ja erzählt. Und am Mittwoch, das mit dem Auto. ›Kein guter Tag für's Autofahren‹ – und nach'm Aldi komm ich aufen Parkplatz, und die dicke Beule … Und heute hab ich ne Treppe in der Frisur. Soll ich dir wat sagen? Dat is Wort für Wort wahr, wat da in dem Horoskop steht.« Er starrt in sein Bier. Das ist ihm unheimlich. Das krempelt sein ganzes Leben um. »Hör mal, wenn da nächstes Mal steht ›gehen Sie bloß nicht zum Friseur‹, dann tu ich dat auch nicht. Kannste mir aber glauben.«

Ich bestelle noch zwei Bier. Wie schön, dass alles so gut funktioniert. Lud hat ja keine Ahnung, dass ich es bin, der seit ein paar Jahren die Horoskope für die Tageszeitung verfasst.

Unser Dorf zählt nur etwa hundertfünfzig Einwohner. Da kennt man eigentlich jeden. Lud ist nur einer von denen, die ich seit einiger Zeit genauestens beobachte. Er glaubt, dass der Fünfzig-Euro-Schein, den ich ihm neben dem Trecker bereitgelegt habe, tatsächlich vom Zeitungshoroskop vorhergesehen wurde. Und er glaubt auch, dass das Feuerchen in seiner Feldscheune ihm schon beim morgendlichen Zeitungslesen mit den Worten »Gefahr droht heute durch eines der vier Elemente. Hüten Sie sich heute vor Brandverletzungen!« begegnet war. Mein Langzeittest mit Lud verläuft ausgesprochen erfolgreich. Er war ein hervorragendes Versuchskaninchen.

Mein Plan kann endlich in die zweite Phase treten.

Anneliese Keutgen will, wie jeden Abend, Lottoannahmestelle schließen. Sie hat seit über zwanzig Jahren diesen kleinen Laden am Dorfplatz, in dem die Bewohner der umliegenden Orte Woche für Woche ihr Glück versuchen. Mittwochs und Samstags kommen hier ordentliche Summen zusammen. Ich würde auch gerne Lotto spielen, denn das Geld könnte ich wirklich gut gebrauchen. Ich habe keinen Job, texte nur hier und da ein paar Kleinigkeiten für Zeitungen – auch Horoskope –, und ansonsten bin ich extrem klamm. Die Biere und der Fuffi für Lud haben in diesem Monat große Löcher in meine Kasse gerissen. Und zu allem Überfluss ist da Marita, meine

Ex, die mir dauernd auf die Pelle rückt. Ich stehe ständig unter Druck, aber ich hab nicht mal die Kohle, aus der Eifel abzuhauen.

Ab heute ist das jedoch Geschichte.

Kaum noch jemand ist in Anneliese Keutgens Laden. Heute war richtig was los, denn der Jackpot ist jetzt seit ein paar Wochen nicht mehr geknackt worden. Da will jeder das große Los ziehen.

In letzter Sekunde huscht Schüllers Manes noch durch die Tür in den Laden. Er ist Skorpion. »Reizen Sie ihr Glück aus. Lassen Sie es ruhig bis zum letzten Moment warten.« Er knallt Geld auf die Theke und japst: »Anneliese … Lottosching!«

Arno Diefenbach betritt den Laden. Jungfrau. »Ihr größter Feind läuft Ihnen heute direkt vor die Flinte. Lassen Sie sich diese Gelegenheit nicht entgehen. Zeigen Sie ihm, was eine Harke ist.« Dass Manes und Arno seit der Sache mit der Grenzbebauung erbitterte Gegner sind, weiß jeder. Das musste ich nicht erst großartig rausfinden. Arno baut sich vor Manes auf und knurrt: »Du kanns wohl de Hals net vollkrijen, du Drecksack.« Manes schlägt sehr schnell und sehr gezielt zu. Er macht jeden Dienstagabend Taek Won Do im Nachbardorf. Wenn man viel Zeit hat, wie ich, kriegt man alles Mögliche mit.

Elisabeth Diefenbach, die Frau von Arno, ist Wassermann. Sie hat heute gelesen: »Ihr Partner setzt Ihnen seit langer Zeit Hörner auf. Wollen Sie sich das gefallen lassen? Er wird heute sogar um eine andere Frau kämpfen!« Elisabeth weiß, dass ihr Mann schon seit einiger Zeit mit der Lotto-Anneliese herumpoussiert. Ich weiß das auch.

Als sie jetzt sieht, wie ihr Mann und Manes sich prügeln, und wie Anneliese versucht, dazwischenzugehen, ist für sie alles klar, und sie sieht rot, ganz so wie erhofft. Sie stürmt in den Laden und beginnt, auf Anneliese einzubrüllen: »Lass die krummen Finger von dem Arno, du schäbig Fresen!«

Bauer Rudi Thelen – Löwe – sieht sich Tag für Tag bei einem Blick in die Zeitung in seinem Kampf für die heiß ersehnte Umgehungsstraße bestätigt. Gestern hat er mir in der Warteschlange auf der Post erzählt, dass er was »ganz Großes« mit seinem Trecker und einem riesigen Anhänger voll Mist vorhat. Weil ihm sein Horoskop heute Morgen gesagt hat: »Setzen Sie ein Zeichen. Kämpfen Sie! Blockieren Sie das, was Ihnen den Schlaf raubt«, kippt er nun einen riesigen Berg Mist mitten auf die Dorfstraße. Innerhalb kürzester Zeit entsteht ein Verkehrsstau.

Vor ein paar Tagen hat Elfi, die Taxifahrerin, eine ominöse Botschaft in der Zeitung gelesen. Sie ist Steinbock und fand in ihrer entsprechenden Rubrik: »Am Mittwochabend wird am Dorfplatz Ihr großes Glück zu Ihnen ins Auto steigen.« Dass Elfi tatsächlich da an ihr Taxi gelehnt steht, ihren Kopf suchend hin und her gehen lässt, und eine nach der anderen raucht, wundert mich wirklich überhaupt nicht.

Ähnlich abgebrannt wie ich ist Mario Zingsheim. Im Allgemeinen meidet man ihn im Dorf. Er ist ein kleiner Gauner, der immer mal wieder ein paar Tage auf Staatskosten in einer gemütlichen Zelle logiert. Als er jetzt in den Laden tritt, wird es Anneliese zu heikel. Einer wie der, Fische übrigens: »Beim Zigarettenkauf am Abend fällt Ihnen das Glück in den Schoß« (Zigaretten gibt es nur bei Anneliese!) nutzt so ein Tohuwabohu doch nur aus, um was zu klauen. Ist doch klar: Die prall gefüllte Kasse! Die vielen Tageseinnahmen!

Auch Lud ist mit von der Partie. Ihn konnte ich doch nicht vergessen, wo er mir so ans Herz gewachsen ist in den letzten Tagen. »Sie sind ein Held und helfen heute einer Frau in

Not.« Das kann alles und nichts bedeuten. Den ganzen Tag war er der hilfsbereiteste Mitbürger, den wir je im Dorf hatten. Er beträgt sich seit dem Zeitungsstudium am Morgen wie ein formvollendeter Kavalier. Jetzt sieht er den Tumult im Lottoladen und stürmt hinein. Alles läuft nach Plan.

»Lud, gut, dat du komms! Bitte, hilf mir mal!« Lud sieht sich wieder einmal darin bestätigt, dass sein Widder-Horoskop immer Recht hat. Er lässt sich von der verzweifelten Anneliese mit den Worten »Bring das mal schnell in Sicherheit!« die Kasse geben und stürmt durch die Hintertür auf den Hof. Ich weiß, wo Lud das Geld verstecken will. Ich weiß alles Mögliche ... und stehe hinter der Hausecke und empfange ihn ungesehen mit einem Knüppel. In seinem Horoskop stand auch noch: »Mit einem Schlag ändert sich für Sie alles.« Er geht zu Boden und macht keinen Mucks mehr. Ich greife mir freudig erregt die Ledermappe mit den Einnahmen und springe über den Zaun in den benachbarten Garten.

Vorne auf der Hauptstraße ist der Dorfpolizist Elmar Fiethen vorgefahren, der über Telefon alarmiert wurde. In seinem Horoskop – Zwillinge – stand: »Sie sollten auf Ihre Galle achten. Ihre Glückszahlen sind neun und elf. Im Ausland denkt jemand an Sie.« Nun gut, hat alles nichts mit meinem Plan zu tun, in dem Fiethens Elmar nämlich gar nicht vorkommt. Egal.

Taxi-Elfi ist inzwischen neugierig geworden. Sie geht von ihrem weiterhin offen stehenden Auto zu der Stelle, an der der Tumult tobt. Prima.

Unterdessen schlüpfe ich in Windeseile hinters Steuer und brause los. Ich wende mit quietschenden Reifen am Rande der Misthaufen-Blockade und verlasse das Dorf in Richtung Autobahn.

Nach ein paar Metern ruckelt der Wagen. Es wird heftiger und heftiger. Ich kann ihn gerade noch in einen Feldweg lenken, als der Motor mit einem lauten Röcheln aufhört zu arbeiten. Ich werde im Gurt nach vorne geschleudert. Mist!

Was stand in meinem Horoskop? Schütze. »Heute geht ein Ruck durch ihr Leben!« Hatte ich mir anders vorgestellt.

Planänderung. Dann muss ich eben trampen. Ich springe auf die Straße und gucke mich hektisch um. Natürlich, wenn man den Verkehr braucht, ist er nicht da. Sekunden werden zu Stunden.

Klar, Rudis Mistfuhre hat den endlosen Strom der Autos ja immerhin aus einer Richtung völlig abgeschnitten.

Da, ein Auto! Ein roter Hyundai!

Ich winke aufgeregt.

Dann nehme ich die Arme runter, als der Wagen sein Tempo verlangsamt. Das Kennzeichen kenne ich …

Scheiße, Marita, meine Ex!

Marita ist Waage. »Sie müssen endlich einen Schlussstrich ziehen. Löschen Sie endlich aus, was Sie bedrückt. Sie werden bald darüber hinweg sein«, hieß das heute Morgen.

»Darüber hinweg …« Das hab ich ja auch irgendwie missverständlich ausgedrückt, schießt es mir durch den Kopf, als Maritas Auto plötzlich mit aufheulendem Motor wieder Fahrt aufnimmt. Zu spät versuche ich, zur Seite zu springen, der Kühler ist nur noch ein paar Meter von mir entfernt, und ich kann tatsächlich das verkniffene Gesicht meiner Ex hinter dem Steuer erkennen.

»Ab heute dürfen Sie sich endlich auf die faule Haut legen«, ging mein Horoskop weiter. Auch ein bisschen zu vieldeutig, diese Formulierung.

Wildwechsel

Norbert stocherte mit dem Zeigefinger zwischen Hemdkragen und Hals herum, obwohl er wusste, dass es nichts nützte. Das Waschzettelchen des neuen Hemds machte ihn verrückt.

»Beide Hände ans Steuer«, raunzte Stegemann von rechts. »Immer beide Hände ans Steuer, Norbi.«

Stegemann stank nach Bier und Zigarettenmief. »Fährst ja schon ganz gut, Männlein.«

Ein Lob vom Chef. Norbert versuchte ein scheues Lächeln.

Ihm tränten die Augen. Den ganzen Abend bei der Betriebsfeier hatte er Limo und Cola getrunken, und jetzt durfte er den Benz vom Chef fahren. Und das, obwohl er erst seit vier Monaten den Führerschein hatte. Obwohl der Schnee immer noch nicht ganz weggetaut war und an den Rändern der sich kilometerweit durch den Salmwald windenden Straße als grauer Streifen durch die Dunkelheit schimmerte! Sein Blick huschte zu dem immer noch verstellten Rückspiegel, in dem er auf dem Hotelparkplatz vom Stolder in Deudesfeld noch einmal seine Frisur überprüft hatte. Frisch frisiert, eine Handvoll Gel. Ganz schön verwegen. Sowas hatte er noch nie benutzt. Ordentlich Abdeckstift über die Akne, neue Klamotten, neue Kontaktlinsen. Er fand, er sah ziemlich klasse aus. Die neuen Linsen waren die Hölle. Im Dunkeln war es besonders schlimm. Er konnte kaum die Straße im Blick behalten, weil die Augen so tränten. Und das neue Hemd machte ihn halb wahnsinnig. Dieses Waschzettelchen! Der Chef hatte die Augen geschlossen und summte die Melodie im Autoradio mit. *Nights in White Satin*. Verstohlen tastete Norbert erneut nach seinem Hemdkragen.

»Beide Hände ans Steuer, Männlein! Zehn vor drei!«

Norbert blickte zur Uhr am Armaturenbrett. Es war Viertel vor zwei. Was meinte der Chef?

»Zehn vor drei! Das Lenkrad eine Uhr, deine Hände die Zeiger ... Da muss immer zehn vor drei sein!« Und mit einem Grunzen fügte er hinzu: »Außer wenn rechts von dir ein Mädchen sitzt. Eins mit Röckchen. Dann geht das auch mal einhändig. Dann ist nämlich nur zehn vor nix.« Er lachte rasselnd, und Norbert lachte verhalten mit.

Der Chef war bester Laune. Nicht wie im Betrieb, wo er ihm sogar schon mal einen Arschtritt verpasst hatte. Stegemann machte Witze. Mit ihm zusammen, mit Norbi, dem Azubi im ersten Lehrjahr. Das machte ihn stolz, und da würden sie ihn alle drum beneiden in der Firma. Ihn, der sonst immer nur die Drecksarbeit erledigen durfte.

Stegemann zündete sich eine Zigarette an, und der Qualm stieg Norbert sofort in die Augen. »Hast du schon was am Laufen, Männlein?«

»Wie bitte?«

Der Chef hatte ihm mal vor allen anderen eine geklebt, als er im Betrieb »Hä?« gefragt hatte. Seither sagte er immer brav »Wie bitte?«. Musste sein, wenn der Chef das verlangte.

»Wie, wie bitte?«, brummte Stegemann.

»Was meinen Sie, Chef?«

»Haste 'ne Freundin? N' Mädchen? Hä, Norbi? Haste schon was?«

Norbi spürte, wie ihm das Blut zu Kopf schoss. Seine Ohren leuchteten vermutlich jetzt durch die Nacht wie zwei Bremsleuchten. Er spürte, wie ihn der Chef von rechts mit wässrigem Blick fixierte. »Aha«, sagte Stegemann und lachte wieder heiser. Schnarchend sog er zwischen den Salven die Luft ein. »Wusste ich doch, dass da was läuft. Brauchst dich gar nicht zu schämen. Als ich so alt war wie du ... Mein lieber

Schieber, da hab ich aber erst mal mein Ding in alles reingesteckt, was sich nicht gewehrt hat ... Nicht allzu sehr gewehrt hat.« Eine Qualmwolke wehte an Norberts Nase vorbei.

Norbert hatte bisher noch nie eine Freundin gehabt. Er war scheu, zurückhaltend. Nicht, dass ihn Mädchen nicht interessierten, aber er wusste nun mal nicht, wie man es richtig anfing. Seine ältere Schwester, die zog ihn immer auf damit, die wechselte die Freunde wie die Unterwäsche und schleppte jeden gleich ins Bett. Ganz anders als er. Er hatte noch nie mit einem Mädchen geschlafen.

Heute Abend, da hatte Norbert sich angeregt mit Ricarda unterhalten. Ricarda war unglaublich hübsch. Ein Jahr älter als er, gertenschlank, dunkles, glattes Haar und schwarz umrahmte Augen. Sie war im zweiten Ausbildungsjahr im Lager. Sie hatte sich für den Job das Piercing aus dem Nasenflügel genommen, so was gab es bei Stegemann nicht. Im Betrieb hatten sie nur selten miteinander zu tun, aber auf der Betriebsfeier, da konnte man sich schon näherkommen. Zuerst waren es Belanglosigkeiten gewesen, Gespräche über den Schnee, über Urlaube, ein bisschen Betriebsklatsch. Später war das Gespräch intensiver geworden, hatte sich um die Krankheit ihres Vaters gedreht, über ihre letzte Beziehung und über seine Lieblingsfllme. Mit Ricarda, das spürte Norbert, mit Ricarda würde er über jedes Thema sprechen können.

»He, Vorsicht!«, rief Stegemann, und Norbert fuhr zusammen. Er verriss das Steuer und ließ den Wagen für einen Augenblick hin- und herschlenkern. »Da war ein Reh! Du musst aufpassen, Norbi, Jüngelchen, aufpassen!«

Norberts Nerven waren gespannt wie Gitarrensaiten. Das Adrenalin schoss durch seine Adern. Er krampfte die kalten Finger um das Lenkrad und zwang sich, ruhig zu atmen.

»Die sind hier dauernd unterwegs. Fehlt nur noch, dass wir so ein Vieh auf dem Kühler haben. Eigentlich gehört das hier alles eingezäunt, wenn du mich fragst.«

Sie schwiegen einige Minuten, und Norbert schickte die Blicke hektisch prüfend durch die Winternacht, auf der Suche nach verräterisch aufblitzenden Augen im Wald rechts und links der Straße.

»Die Frau Sänger, die Klapprige aus der Lohnbuchhaltung«, begann Stegemann nach einer Weile wieder mit jovialem Tonfall und kramte im Handschuhfach herum. »Die Frau Sänger, die war nicht immer so klapprig, weißt du?«

»Hm«, schien Norbert eine passende Erwiderung zu sein.

»Die war früher ein scharfes Luder, Männlein, ein richtig scharfes Gerät. Die hat damals manchmal in der Garage auf mich gewartet, und dann ... Jungejunge.« Stegemann knackte den Schraubverschluss eines kleinen Schnapsfläschchens. »Magenbitter«, grunzte er. »Scheiß-Sodbrennen.« Dann ließ er den Inhalt gluckernd zwischen seine Lippen laufen. Mit der Rechten betätigte er einen Knopf und die Seitenscheibe fuhr herunter. »Immer schön nach dem Wild gucken, Männlein«, brummte er, während er die leere Flasche hinauswarf. Dann machte er ein paar schmatzende Laute und wiederholte: »Scheiß-Sodbrennen.«

Es wurde wieder still. Das Nachtprogramm des Radiosenders spielte Schmusemusik. Hundert Geigen säuselten *True Love*.

Norbert hatte seinen ganzen Mut zusammengenommen und hatte sich für das Wochenende mit Ricarda verabredet. Zum Abschied hatte sie ihm einen Kuss auf die Wange gehaucht. Am Sonntag wollten sie ins Kino gehen, und vorher zu McDonald's. Sie hatte ihm verraten, dass sie Liedtexte für eine Band schrieb. Sehr romantische Sachen, Balladen mit viel Herzschmerz. Und sie hatte ihm versprochen, ihn die Texte lesen zu lassen, nachdem er ihr hoch und heilig zugesagt hatte, dass er nicht lachen würde. Als er sie gefragt hatte, ob sie auch Sängerin sei, hatte sie gelacht und gemeint, sie könne niemals vor Publikum auftreten, sie sei viel zu scheu. Scheu. Scheu. Das hatte Norbert auch gedacht, als er sie zum ersten Mal in der Kantine gesehen hatte. Ein scheues Reh. Er war immer noch sehr aufgeregt. In dieser Nacht würde er keine Ruhe finden.

Stegemann hustete, und es klang, als käme seine Lunge mit raus. Dann zündete er sich eine neue Zigarette an. »Deine Schwester«, begann er, »die ist aber auch so'n Früchtchen, was?«

Norbert zwinkerte nervös. Es waren diesmal nicht nur die Kontaktlinsen, die das bewirkten. Seine Schwester? Worauf wollte der Chef hinaus?

»Die hat mal mit meinem Ältesten rumgemacht. Wusstest du das?«

»Nö«, sagte Norbert knapp. Er war unsicher, wie er zu reagieren hatte. Was die Liebhaber seiner Schwester anging, hatte er schon lange den Überblick verloren. Seine Schwester hatte ein Verhältnis mit dem Sohn des Chefs gehabt? Er spürte etwas wie Stolz.

»Die beiden haben in unserem Gartenpavillon gepoppt, die zwei. Hab ich mit eigenen Augen gesehen. So'n Luder, meine Fresse. Hat sich nur ihre Jeansjacke übergehängt, als ich reinkam, richtig frech.« Er kicherte und kratzte sich an der rechten Augenbraue. »Wenn da nicht der Hans-Dieter gewesen wäre ... Olala. Ist zwar nicht blond, die Kleine, aber tolle Figur ... Ich steh eher auf blond, weißte, so richtig knallblond.«

Norbert schmunzelte verhalten. »Weiß ich, Herr Stegemann.«

Stegemann zwinkerte ihm durch die Dunkelheit zu. »So wie die Schwägerin vom Bürgermeister. Mit der war ich letztens drei Tage in Berlin. Keinem weitersagen, Jüngelchen. Angeblich Grüne Woche.« Seiner Kehle entrang sich ein erneutes heiseres Lachen, das in ein schepperndes Husten überging. »Grüne Woche, Mannomann ...« Norbert spürte, wie ihn Stegemann sanft in die Seite stieß. »Haste nicht gedacht, dass dein oller Chef noch so viel Tinte auf'm Füller hat, oder?«

Diesmal sah Norbert die beiden Tiere frühzeitig und trat auf die Bremse. Ganz behutsam, damit der Wagen im Schneematsch nicht erneut ausbrach. Die Augen der Rehe reflektierten das Scheinwerferlicht, und als Norbert kurz auf die Hupe drückte, verschwanden die beiden rotbraunen Körper zwischen den Stämmen des Salmwalds, ohne die Straße zu queren.

Er musste wieder an Ricardas Augen denken, an das sanfte, dunkle Braun, an die anmutig langen Wimpern.

»Gut gemacht, Norbi!«, dröhnte Stegemarm. »Männlein, du kannst mich demnächst immer fahren. Diese verdammten Viecher. Marder, Karnickel, Dachse, ständig läuft einem irgendwas vor dem Kühler rum.«

Er beugte sich ächzend nach vorne, um den Radiosender zu wechseln. »Mann, da pennt man ja ein bei der Musik. Ich will was Fetziges.« Wenige Augenblicke später dröhnte wummernder Techno-Sound durch das Auto. »Gefällt dir auch besser, oder? Eigentlich wollte ich ja heute Abend noch tanzen, aber das Scheiß-Sodbrennen ...« Stegemann hob die Stimme, um gegen die Musik anzukommen. »Du glaubst doch wohl nicht, dass ich früher von irgendeiner Fete nach Hause gefahren bin, ohne nicht vorher noch irgendwo ein Nümmerchen zwischenzuschieben, oder?«

Sie schwiegen wieder, und Stegemann klopfte die Beats auf seinen fetten Knien mit. Norbert tränten wieder die Augen. Sie rollten weiter durch den Wald. Die Straße wand sich am Berghang zwischen den Bäumen durch. Links stieg die Böschung steil an, und rechts fiel zwischen den Fichten das Gelände ab. Es war wirklich eine der ungemütlichsten Strecken, die man im Winter fahren konnte, aber Norbert fand, dass er seine Sache ganz gut machte. Der große Wagen glitt regelrecht dahin.

Stegemann räusperte sich. »Musst nur immer nen Gummi benutzen, Männlein«, sagte er unverhofft. »Man kann gar nicht vorsichtig genug sein mit den Weibern. Ruckzuck sind die schwanger. Und das kostet, wenn das weggemacht werden muss.« Er öffnete erneut das Handschuhfach und wiederholte die Prozedur mit dem Magenbitter. Als er die zweite Flasche hinauswarf, wirbelte erfrischend kühle Luft durch den Wagen.

»Scheiß-Sodbrennen. Heut Abend hätt ich schon gewusst, wen ich mir gekrallt hätte.« Plötzlich wurde es Norbert heiß, als Stegemann mit einem rauen Unterton sagte: »Die Kleine aus dem Lager, die Dunkelhaarige, die wär mal einen guten Fick wert, glaube ich. Properes Figürchen ... leckere Oberweite ... Die wird in den nächsten Tagen mal Überstunden machen müssen.« Seine Stimme war leiser geworden. Norbert registrierte, dass Stegemann den Blick starr auf einen unbestimmten Punkt vor sich gerichtet hatte. Er bekam jetzt etwas Lauerndes, wie ein Raubtier kurz vor dem Sprung. Norbert wollte etwas sagen. Etwas, das Stegemann ablenken, seine Gedanken in eine andere Richtung führen sollte, aber er brachte es nicht zustande, Worte aneinanderzureihen. Selbst seine Gedanken stolperten übereinander. Er sah Ricardas Gesicht vor sich, hörte ihr Lachen.

»Die hatte doch so 'nen Knopf in der Nase. Der war dann aber ganz schnell weg. Bei mir hat sich bis jetzt in all den Jahren noch jedes kleine Luder persönlich sein Lehrgeld verdient, Männlein. Und wenn eine von denen dann doch mal die Zicke raushängen lässt, so wie vorletzten Monat die Tante im dritten Lehrjahr, die aus Steffeln, dann geht das *Wusch*, und dann kann die ganz schnell bleiben, wo der Pfeffer wächst. Sollen sich 'ne andere Stelle suchen, die prüden Tanten.« Er stieß Norbert wieder lachend in die Seite.

Norbert spürte jetzt das kratzende Waschzettelchen nicht mehr. Er fühlte sich plötzlich, als verwandele sich seine gesamte Umgebung in knisternde Watte. Es rauschte in seinen Ohren, und er wandte jetzt vollends den Blick zum Beifahrersitz. Stegemann hatte den Mund halboffen stehen und starrte in Gedanken versunken geradeaus. Seine Zungenspitze kroch über die Lippen wie eine Schnecke. »Ricarda«, bröckelte es irgendwo aus der bulligen Gestalt des Chefs heraus. »Ja, genau, so heißt die Kleine .. Ricarda. Der werd ich morgen mal ordentlich einen verlöten, wenn dieses Scheiß-Sodbrennen weg ist.«

Norbert sah ihn fassungslos an. Sein Mund fühlte sich trocken an. Seine Kontaktlinsen brannten wie Feuer.

Stegemanns Augen weiteten sich plötzlich, der massige Körper straffte sich. »Pass auf!«, brüllte er, und Norbert drehte den Kopf jäh nach vorne. Das Reh war plötzlich direkt vor ihnen, starr und unbeweglich. Er riss das Steuer herum, aber es war zu spät. Es gab einen heftigen Ruck, als sie das Tier mit dem linken Kotflügel erwischten. Es schepperte, und der Wagen schlingerte gefährlich. Norbert trat auf die Bremse.

»Du Arschloch!«, schrie Stegemann kehlig. »Du verdammter Idiot!« Er hatte die Arme vors Gesicht gerissen und wurde hin und her geschüttelt. Norbert glaubte, seine Nerven müssten zerreißen, aber er wendete alle Kraft auf, um den Wagen wieder in die Spur zu lenken und schließlich kurz vor der nächsten Linkskurve am Straßenrand der Gegenfahrbahn zum Stillstand zu bringen.

»Du verdammtes kleines Arschloch!«, brüllte Stegemann und riss an seinem Gurt herum.

Norbert griff nach dem Rückspiegel und versuchte ihn so auszurichten, dass er die Straße hinter ihnen erkennen konnte, doch dort war nichts als Schwärze. Stegemanns Hand schoss plötzlich auf Norbert zu und fasste ihn am Ärmel. Etwas zerriss. Norbert wich zurück, stieß panisch die Fahrertür auf und ließ sich ins Freie fallen. Er stürzte mit den Händen voran in den Schnee, rappelte sich aber sofort wieder auf. Im nächsten Augenblick hatte sich auch Stegemann befreit und torkelte vom Beifahrersitz ebenfalls in die Nacht hinaus. Der dumpfe Alkoholatem hing ihm in einer weißen Fahne vorm Gesicht. Er schrie ununterbrochen. Das Scheinwerferlicht des Autos wurde vom Schnee reflektiert, und ein unwirkliches, milchiges Licht malte eine Szenerie aus grauen Schatten. Stegemann rutschte immer wieder mit seinen Lederschuhen auf dem Schneematsch weg und stützte sich ungelenk am Wagendach ab. Mit wedelnden Armen taumelte er um das Auto herum auf Norbert zu.

Der aber war wie erstarrt am Kofferraum stehen geblieben und hatte in diesem Moment nur noch Augen für das Tier, das etwa dreißig Meter hinter dem Wagen in fast völliger Finsternis klägliche Laute ausstieß und mühevoll versuchte, sich aufzurappeln. Schemenhaft konnte Norbert erkennen, wie die Hinterläufe immer wieder kraftlos wegsackten. Das hohe Wimmern schnitt Norbert tief ins Herz. Er glaubte trotz der Ferne das Licht im Blick des verletzten Tieres funkeln zu sehen und musste wieder an Ricarda denken.

Stegemanns wutverzerrtes Gesicht tauchte jetzt ganz dicht vor ihm auf. »Hab ich nicht gesagt, du sollst aufpassen?«, röhrte er und glitt wieder mit dem rechten Fuß aus. »Was hab ich dir gesagt? Hä? Was hab ich dir gesagt?«

Norbert blickte ihm in die blutunterlaufenen Augen und spürte, wie in diesem Augenblick eine eigenartige Gelassenheit von ihm Besitz ergriff. »Sie haben gesagt, Sie wollen Ricarda ficken«, sagte er leise.

Stegemann hielt mit seinen Bewegungen inne. Seine Augen weiteten sich fragend. Sein Mund wollte fragen: »Was?«, aber er brachte keinen Ton heraus.

Ein nahender Lichtschein verwandelte plötzlich die schroffe schneebedeckte Böschung an der vor ihnen liegenden Kurve in einen scharfen Schattenriss, und einen Augenblick später kam ein Fahrzeug um die Ecke gerollt.

Stegemann hatte immer noch den fragenden Blick auf seinen Lehrling gerichtet. Er war fassungslos vor Wut und suchte nach den Worten, mit denen er den jungen Mann vor sich am härtesten strafen, am gemeinsten verletzen konnte.

Der rote Passat fuhr zügig. Es dauerte nur einen Lidschlag lang.

»Sie werden sie nicht berühren«, sagte Norbert, riss beide Hände hoch und stieß sie gegen Stegemanns fette Brust.

Stegemann schwankte rückwärts, versuchte, sich zu fangen, griff ins Nichts. Seine Füße verloren den Halt auf dem seifigen Straßenbelag, und sein massiger Körper glitt genau in dem Moment aus dem Schatten seines eigenen Wagens, in dem das gleißende Scheinwerferlicht des fremden Fahrzeugs sie erreichte.

Er schlug hart auf der Straße auf, und der Wagen rollte ungebremst mit dem rechten Vorderrad über seinen Oberkörper. Das plötzliche Aufheulen des Motors und das Krachen der berstenden Knochen übertönten die ersterbenden Klagelaute des Rehs.

Ein paar Meter weiter blieb der Passat stehen und beleuchtete mit seinen starr geradeaus gerichteten Scheinwerfern das verendende Tier.

Norbert brauchte ein paar Schrecksekunden, bevor er sich einen Blick auf Stegemanns grotesk verrenkten Körper erlaubte. Die unförmige Gestalt inmitten der Schneeflecken auf dem nassen Asphalt rührte sich nicht mehr.

Als Norbert sich in Bewegung setzte und auf den Passat zustolperte, spürte er, wie die Kälte ihn unbarmherzig packte. Er begann heftig zu zittern, als er nach dem Türgriff fasste.

Hinter dem Steuer saß eine blonde Frau mit leuchtend rot geschminkten Lippen. Er roch ein schweres Parfüm. Sie trug beigefarbene Lederhandschuhe. Im Schein der schwachen Innenbeleuchtung sah er ihre angstvoll aufgerissenen Augen, die zarten Linien der Augenbrauen, die sich fragend in die Höhe wölbten.

»Ich habe nichts sehen können ... Hinter der Kurve ... Viel zu spät ...«, stammelte sie mit vibrierender Stimme. »Ein Tier? Ein wildes Tier?« Sie stammelte, und ihre behandschuhten Finger strichen nervös ein paar Strähnen ihres Haars aus der Stirn. »Immer sind hier Tiere. Es sah aus wie ein Wildschwein. War es ein Wildschwein?«

Norbert biss sich auf die Lippen. Er musste sich zwingen, nicht zu nicken und zu sagen: »Ein Wildschwein. Oh ja, tatsächlich. Sie haben gerade eine richtig kapitale Wildsau überfahren.«

Der totale Überblick

Diesmal habe ich Garnschröder am Sack. Von hier oben habe ich den totalen Überblick, da entgeht mir nichts. Okay, es riecht ziemlich streng, aber das war ja nicht anders zu erwarten. Von hier aus sind es nur ein paar Schritte bis zur Scheune und knapp fünfzig Meter bis zum Haus, ich sitze ihm gewissermaßen direkt vor der Nase, aber trotzdem nimmt er keine Notiz von meinem Versteck. Es liegt ein wenig erhöht, direkt am Rand des Feldes. Das Herzhäuschen wird schon lange nicht mehr genutzt, denn seit 1978 hat der Hof einen Kanalanschluss mit allem Drum und Dran. Und eine Dusche gibt es auch. Im ersten Stock, zwischen Eltern- und Kinderschlafzimmer. Resedagrün war damals modern. Sieht wahrscheinlich immer noch gut aus.

Seit anderthalb Jahren wohnt Garnschröder jetzt auf dem Hof. Er hat ihn gekauft und meint seither, tun und lassen zu können, was er will, nur weil er Geld hat. Man kann ihm doch nicht alles durchgehen lassen. Seine Mülltonne so an die Straße zu stellen, dass ich mit dem Auto erst ein Stückchen auf die Gegenfahrbahn rüber muss, um den Schlenker so hinzukriegen, dass ich in unsere kleine Garage reinkomme, muss so was sein? Gut, hat er nur einmal gemacht, da lag dann eben alles im Straßengraben. Nicht meine Schuld, oder?

Und dann sein Hund, eigentlich ein süßer, kleiner Kerl ... Muss doch nicht in unserem Garten rumlaufen, oder? Tja, kann er jetzt nicht mehr. Sein neuer Hund übrigens auch nicht. Den hat er nicht frei rumlaufen lassen, muss man schon sagen, aber mit einem Stückchen Wurst kriegt man ja jeden Hund gelockt, und da ist das lose Stück Zaun, das man nur zur Seite biegen muss .... Und dann war er auf meinem Grundstück. Wehret den Anfängen, hat mein Onkel Gustav immer gesagt. Wenn so ein Tier das erst mal raushat, dann streunt das auf einmal jeden Tag bei mir rum. Na ja, hat sich, wie gesagt, erledigt. Ist ja auch eine stark befahrene Straße, hier bei uns.

Mann, es stinkt ja doch ganz schön hier drin. Diese Fliegen ... Ich kann von Glück sagen, dass es nicht wärmer ist, dann würde es hier aber ganz schön dampfen. Ob er das Häuschen doch ab und zu noch benutzt? Zuzutrauen wär's dem Kerl ja. Wie dem überhaupt alles zuzutrauen ist, wenn Sie mich fragen.

Ich sehe die gesamte Rückfront. Irgendwo da drin ist er, und er ist nicht allein, und das ist sein großer Fehler. Eine Frau aus unserem Dorf. Großer Fehler, Herr Garnschröder! Wo werden die wohl zusammen rumhängen, er und diese Frau? Im Elternschlafzimmer? Im Kinderzimmer, in dem jetzt das kleine Büro eingerichtet ist? Ich versuche, mir in Gedanken die Räume vorzustellen. Dort kenne ich jeden Winkel, denn dort bin ich aufgewachsen. Und auch wenn meine Frau Cornelia und ich den Hof vor zwei Jahren zum Verkauf haben anbieten müssen, bleibt er doch immer noch unser Zuhause. Und Garnschröder, dieser aufgeblasene Städter, der jetzt auf Landwirt macht, ist hier nur zu Gast. So sehe ich das jedenfalls, auch wenn meine Cornelia sagt, ich hätte den Überblick verloren.

Diesmal würge ich ihm richtig einen rein. Diesmal läuft er mir direkt vor die Flinte. Also, im übertragenen Sinne. Ich bin ja nicht gewalttätig, nein, da habe ich andere Methoden. Da hat er eben mal wochenlang keine Post im Briefkasten. Sehr interessant, was man da alles zu lesen kriegt. Oder seine Satellitenschüssel ist vom Vordach gefallen. Na und? Könnte doch der Sturm gewesen sein! Natürlich hat er auch schon Verdacht geschöpft. Seit der durchgeschnittenen Telefonleitung, genauer gesagt. Aber ich habe ihm damals ganz freundlich erklärt, dass ich nichts damit zu tun habe. Wir seien Nachbarn, und da müsse man doch freundlich zueinander sein. Ich wohne mit meiner Frau Cornelia in dem kleinen Häuschen gleich neben ihm, bei der Bushaltestelle, und er hat sich auf dem großen Bauernhof breit gemacht, der bis vor zwei Jahren mir gehört hat.

Freundlich, immer schön freundlich. Ich lasse mich doch von so einem nicht provozieren!

Als er dann irgendwann aus dem Urlaub zurückgekommen ist und festgestellt hat, dass der Gartenschlauch anderthalb Wochen munter vor sich hin gesprudelt hatte, hat er mich schon gar nicht mehr darauf angesprochen. Auch nicht, als ich vier Tage lang munter Altreifen hinterm Haus verbrannt habe, als der Wind besonders günstig stand. Also günstig für mich … ungünstig für ihn. Ich glaube, er meidet den Kontakt. Ich bitte Sie, nennen Sie das Nachbarschaft?

Jetzt entdecke ich ein kleines Bündel Zeitungspapier, das an einer alten, brüchigen Kordel an einem Nagel baumelt. Zum Abwischen. 1978! Na, was habe ich gesagt! Hier drin habe ich manchmal heimlich geraucht. Jetzt würde ich auch gern eine paffen, aber da würde er gleich auf mich aufmerksam werden, wenn Qualm aus dem Herzhäuschen aufsteigt. Heute darf ich auf keinen Fall entdeckt werden, denn heute fliegt er auf. Ich wende nervös den Fotoapparat in meinen Händen. Ich bin kein Meisterfotograf, aber dafür wird's schon reichen.

Kürzlich habe ich ihn in der Stadt gesehen. Mit Marianne, der Frau vom Ortsbürgermeister. Marianne! Hätten Sie das gedacht? Dass die auf so einen Schnösel steht? Der Alois ist doch so ein Bild von einem Mann! Sah ganz unverfänglich aus, wie sie da plauderten, aber ich ahne schon seit einiger Zeit, dass Garnschröder hin und wieder Frauenbesuch bekommt. Letztens hat er Blumen mit nach Hause gebracht. Rote Rosen. Für wen? Für sich? Für das Karnickel im Stall hinter der Scheune? Wohl kaum, das ist ja ausgebüxt. Hat übrigens gut geschmeckt.

Wenn das wirklich die Frau von Metzlers Alois ist, dann kann er einpacken! Heute werde ich ihn erwischen!

Was sucht einer wie der überhaupt hier auf dem Dorf? Das muss er doch selber einsehen, dass er hier nicht hingehört. Er macht zwar einen auf Kumpel, hat mir in der Kneipe im Nachbardorf schon mal einen ausgegeben, aber nachdem die Bullen zweimal einen Tipp bekommen haben, dass er mit ein paar Promille unterwegs war, und ihn hopsgenommen haben, sieht man ihn da auch nicht mehr. Mit den Bullen hat man ja nicht so gern zu tun. Ich auch nicht, und deshalb habe ich die auch gar nicht erst gerufen, als vor vier Monaten während seiner Abwesenheit die Einbrecher bei ihm waren. Ich habe mir ein paar Erdnüsse geholt und zugeguckt, wie die Taschenlampen durch das Wohnhaus geflackert sind. Meine Frau Cornelia hat zwar gemault, ich solle wieder ins Bett kommen, aber die versteht das sowieso alles nicht.

Bah, diese Fliegen! Irgendwo müssen hier noch meine Initialen eingeritzt sein. Irgendwo hier unten … Ah, da sind sie ja! Kann man immer noch gut lesen. Eigentlich müsste ich ja mal dringend, aber ich traue mich nicht, den Deckel vom Loch zu nehmen. Stinkt dann bestimmt noch viel schlimmer hier drin. Außerdem muss ich aufpassen. So eine Chance kriege ich nämlich so schnell nicht wieder. Ich habe vorhin unterdrückte

Lustschreie gehört, als ich nach dem Mittagessen mal wieder meinen Kontrollgang am Gartenzaun gemacht habe, und das war auf keinen Fall seine Katze, die da schrie, denn die ist im Kofferraum eines Polen, der gegenüber im Laden Zigaretten gekauft hat, wahrscheinlich Richtung Warschau unterwegs. Wenn es mir gelingt, ihm das mit der Frau unseres Dorfchefs zu beweisen, dann aber gute Nacht, Herr Garnschröder!

Das ist jetzt was anderes als angebohrte Autoreifen, als Pizzas, Taxis und Schlüsseldienste, die man nicht bestellt hat, das bricht ihm das Genick, garantiert.

Da kommt er! Er verlässt das Haus durch die Küchentür, ruft etwas. Ha, er ist nicht allein, genau wie ich es geahnt habe! Was er ruft, kann ich leider nicht verstehen. Irgendetwas Liebevolles. Er schlüpft in seine Gummistiefel. Vermutlich will er zurück zur Arbeit. Seit Tagen ist er mit dem Mähdrescher unterwegs, der Möchtegern-Agrarökonom. Mit meinem Mähdrescher!

Jetzt sehe ich etwas hinterm Schlafzimmerfenster. Eine Frau. Ich hab's doch gesagt! Hab ich's nicht gesagt? Das Fenster wird aufgestoßen, ich sehe einen blanken Busen, eine zärtlich winkende Hand, und mir entfährt ein Schrei. Cornelia! Die ist doch beim Treffen der Landfrauen …

Beide recken gleichzeitig die Köpfe in meine Richtung. Cornelia! Und Garnschröder! Ich habe zu laut geschrien, natürlich. Ich fasse es nicht! Cornelia … Cornelia … Und jetzt brüllt Garnschröder auf wie ein Tier. Er tobt. Moment mal! Ich bin es doch, der jetzt toben müsste! Er kommt auf mein Versteck zugerannt, er flucht, er reißt und rüttelt an der Tür, aber ich habe sie verriegelt, packe ängstlich den Metallgriff. Garnschröder ist zwei Köpfe größer als ich. Typisch, sich an Kleineren und Schwächeren zu vergreifen! Seine Faust fährt durch das Herzchen-Loch in der Tür, und seine Finger greifen ins Leere.

»Komm raus!«, brüllt Garnschröder. »Du kleines Frettchen, jetzt ist endgültig Schluss! Jetzt hast du den Bogen überspannt!«

Was habe ich ihm denn getan? Was habe ich ihm getan, dass er mir den Hof nimmt und dann auch noch die Frau?

»Was hab ich Ihnen getan?«, rufe ich.

Da hört plötzlich das Rütteln auf, und seine Schritte entfernen sich.

Was tut er?

Ein Geräusch ertönt. Ein schwerer, lauter Motor wird angeworfen. Der Mähdrescher, mein Gott, *mein* Mähdrescher. Er dreht den Motor auf Hochtouren, lässt ihn drohend aufbrüllen. Ich kann durch die Herzöffnung nur meine Frau sehen, die sich inzwischen etwas übergeworfen hat und aus der Küchentür herausstürmt. Sie schreit mit schriller Stimme etwas Unverständliches, und irgendwann bleibt sie schreckensstarr mitten auf der gepflasterten Fläche stehen und glotzt mit offenem Mund und weit aufgerissenen Augen zu meinem Herzhäuschen herüber.

Ich versuche, die Tür aufzustoßen, aber Garnschröder hat sie anscheinend von außen blockiert, hat irgendetwas unter den Griff geklemmt. Ich werfe mich gegen das Holz, aber es ist zwecklos. Und das malmende und röhrende Geräusch rechts von mir wird lauter, ohrenbetäubend laut, wälzt sich dröhnend auf mich zu, wie ein gigantisches Gewitter, wie eine nicht enden wollende Explosion. Das Letzte, was ich sehe, sind Cornelias geweitete Augen. Sie hat recht, irgendwann habe ich den Überblick verloren.

Ripper Doubleblade

Eine Verkaufshow in fünf Stimmen

Walter: Liebe Zuschauer, wunderbar, dass Sie heute eingeschaltet haben, ganz großartig, dass wir Sie vor den Bildschirmen willkommen heißen dürfen, denn ausgerechnet heute haben wir ein Super-Duper-Sonderangebot für Sie, ein Angebot, das wir Ihnen nicht alle Tage machen können.

Horst: Gaaanz genau, Walter.

Walter: Dieses Angebot betrifft etwas, was in keinem Haushalt fehlen darf. Nein, wir sprechen heute nicht von Putzmitteln, Dampfreinigern oder Küchenmaschinen.

Horst: Gaaanz genau, Walter.

Walter: Wir bieten Ihnen heute ein Top-Produkt an, wie es nur sehr selten zu finden ist. Etwas, das Sie begeistern wird. Ich merke es, Sie sind heiß auf unser Angebot. Sie brennen, Sie können es nicht erwarten!

Horst: Gaaanz genau, Walter.

Walter: Horst, Du hast unseren Zuschauern etwas mitgebracht. Ein absolutes Top-Produkt, eine Weltneuheit, ein Wahnsinnsteil. Horst, sag unseren Zuschauern, was es ist!

Horst: Gaaanz genau, Walter. Keine Putzmittel, kein Dampfreiniger, keine Küchenmaschine …

Walter: Und auch kein Bauch-Weg-Gürtel …

Horst: Gaaanz genau, Walter. Und auch kein Bauch-Weg-Gürtel. Was wir Ihnen heute anbieten, wird Ihnen den Alltag erleichtern, wird Ihnen ganz neue Möglichkeiten eröffnen, es wird Sie faszinieren und begeistern. Hier ist es, das RIPPER-DOUBLEBLADE-MAXIMUM-SHARP!

Heidi: Das RIPPER-DOUBLEBLADE-MAXIMUM-SHARP-Messer, Cromargan, Edelstahl, rostfrei 18/10, Spezialklingenstahl geschmiedet, eisgehärtet, laserüberwachte Schärfe, antibakteriell ist unser heutiges Super-Duper-Sonderangebot.

Horst: Gaaanz genau, Heidi. Dies hier ist unser gutes Stück.

Walter: Es sieht aus wie ein normales Küchenmesser, Horst.

Horst: Gaaanz genau, Walter. Wie ein gewöhnliches Küchenmesser sieht es aus. Aber, mal ehrlich, Walter, du kennst mich. Habe ich je etwas gaaanz Normales angeboten? Bringe ich nicht immer etwas gaaaaaanz Exklusives mit?

Walter: Stimmt natürlich. Aber es sieht aus wie ein ganz normales Küchenmesser.

Horst: Gaaanz genau, Walter. Aber das hier ist das RIPPER-DOUBLEBLADE-MAXIMUM-SHARP-Messer. Denken Sie nicht an Obstschälen, Gemüseputzen, Fleisch portionieren oder so was, liebe Hausfrauen. Das alles und noch viel mehr können Sie mit diesem Traum-Messer natürlich auch machen, gar keine Frage. Aber das RIPPER-DOUBLEBLADE-MAXIMUM-SHARP ist ein Messer für alle Fälle, eine echte Hilfe in schwierigen Situationen, ein guter Freund, auf den man vertrauen kann!

Walter: Ich bin gespannt, worauf du hinaus willst, Horst.

Horst: Liebe Hausfrauen, Sie kennen es alle: Ein kleiner Streit mit dem Ehemann, ein Wortwechsel mit dem Lebensgefährten, ein Wort gibt das andere …

Walter: Ahaaaa!

Horst: Alte Geschichten werden aufgekocht, alte Wunden brechen auf. Es wird lauter, man wird beleidigend. Das ist doch eine Situation, wie sie immer wieder auftaucht im Alltag.

Walter: Gaaanz genau, Horst! Die Suppe war zu kalt, die Pantoffel standen nicht an der richtigen Stelle, es ist kein Bier eingekauft worden …

Horst: Der Nachbar hat Ihnen schöne Augen gemacht, liebe Hausfrau, Sie haben sich ein neues Kleid gegönnt, ohne Ihrem Mann etwas davon zu sagen. Und – zack – Schon ist Zoff in der Bude! Es knallt, man schreit, und Sie haben wieder nichts in der Hand, mit dem Sie ihn zum Schweigen bringen können. Ist es nicht so?

Walter: So ist es, Horst, so ist es!

Horst: Sicher, Sie können Geschirr werfen, notfalls mal mit dem Nudelholz zuschlagen, aber, ich bitte Sie, das ist es doch nicht!

Walter: Nein, da braucht man schon was Anderes!

Heidi: Das RIPPER-DOUBLEBLADE-MAXIMUM-SHARP darf in keinem Haushalt fehlen. Mit seiner antibakteriellen Klinge aus Cromargan, Edelstahl, rostfrei 18/10, Spezialklingenstahl geschmiedet, eisgehärtet, mit seiner laserüberwachten Schärfe ist es die ideale Argumentationshilfe in jedem Ehestreit.

Horst: Und das ist heute unser Sonderangebot! Das RIPPER-DOUBLEBLADE-MAXIMUM-SHARP kommt zu Ihnen, wenn Sie rechtzeitig anrufen und bestellen! Wir haben nur eine begrenzte Anzahl dieses Wundergeräts vorrätig! Beeilen Sie sich also!

Walter: Ein tolles Sonderangebot!

Horst: Gaaanz genau, Walter! Schau es dir mal an. Wir haben hier die silikonverstärkte Griffmulde. Kein Abrutschen, kein Wegglitschen. Da kann das Blut literweise durch die Gegend spritzen. Das RIPPER-DOUBLEBLADE-MAXIMUM-SHARP liegt fest in der Hand und kann Ihrem entschlossenen Griff nicht entgleiten.

Walter: Wahn - sinn!

Horst: Und hier: Die Klinge. 42 cm lang. Achten Sie mal auf die beiden Ränder dieser Klinge, liebe Hausfrauen. Oben, geradezu unbeschreiblich glatt und skalpellscharf, sodass eine Tomate … Moment, ich lasse mal eine drauf fallen … Schwups … mittendurch! Das gleitet in den Körper Ihres Gatten, da merken Sie noch gar nicht, dass es schon drin ist. Laserüberwachte Schärfe! Absolut unglaublich! Und: 42 Zentimeter!!! Das kommt unter Umständen hinten sogar wieder raus.
Haben wir mal … Kann mal jemand … die Kamera drei bitte? Sie stehen grad so gut. Kommen Sie mal her! Sie sind der …

Heiner: Ja, hallo, ich bin der Heiner.

Horst: Der Heiner!!! Danke, Heiner, dass Sie mal gerade mitmachen. Wenn Sie sich mal hier hin … genauso. Und … zack!

Heiner: Uuuuaaargghhh!

Horst: Was sag ich?!? Husch, mitten durch, und hinten, guck mal genau hin, Walter. Siehst du, hier, die kleine Spitze. Die klitzekleine Spitze!

Walter: Ich seh sie, ich seh sie!

Horst: 42 Zentimeter!!!

Walter: Un – glaub – lich! Wie durch Butter!

Horst: Muss natürlich nicht sein. Aber sieht doch toll aus, oder?

Walter: Superspitzenklasse!

Horst: Gaaanz genau, Walter! Da weiß man doch, dass man mit dem Partner … (kichert) … durch ist! Huahuahua!

Walter: Huahuahua! Ein toller Gag!

Heidi: Das RIPPER-DOUBLEBLADE-MAXIMUM-SHARP-Messer, Cromargan, Edelstahl, rostfrei 18/10, Spezialklingenstahl geschmiedet, eisgehärtet, laserüberwachte Schärfe, antibakteriell steht jetzt genau sechshundertvierzig Mal zu Ihrer Verfügung. Greifen Sie jetzt zum Hörer und sichern Sie sich das Super-Sonderangebot!

Walter: Und die gezähnte Seite, Horst?

Horst: Das RIPPER-DOUBLEBLADE-MAXIMUM-SHARP ist eine echte Wunderwaffe, Walter, habe ich das schon gesagt?

Walter: Ja, Horst, eine echte Wunderwaffe.

Horst: Sie kennen das, liebe Hausfrau. Nicht jeder Mann hält still, wenn er erstochen wird. Manche zappeln, drehen sich zur Seite. Das macht es mit dem Erstechen nicht eben leichter.

Walter: Nicht jeder ist gleich gewachsen. Manche kleiner, manche ein bisschen krumm.

Horst: Gaaanz genau, Walter! Und dank der 84 gegeneinander laufenden extrem scharfen Zähne stört kein Knochen mehr das ungehinderte Durchdringen. Das geht einfach … Sie da! Kamera zwei!

Oliver: Ich?

Walter: Ja, Oliver, helfen Sie uns mal.

Oliver: Soll ich nach vorne kommen?

Horst: Ja, Oliver. Hierher. Liebe Hausfrauen, das ist der Oliver!

Oliver: Hallo.

Horst: Wenn wir hier hineinstechen, erwischen wir garantiert mindestens eine Rippe! Zack!

Oliver: Uuuuaaargghhh!

Walter: Ich bin platt! Ein – fach so durch!

Horst: Gaaanz genau, Walter. Oder hier, in der Beckengegend! Wenn man das Messer von unten nach oben führt. Halten Sie doch mal still, Oliver! Wie oft sind Sie hier schon hängen geblieben, liebe Hausfrauen? Sehen Sie hier … zack!

Oliver: Uuuuaaargghhh!

Horst:: Oder aus der Rückhand. Zack!

Walter: Spitze!

Horst: Ich zeig es noch mal an ein paar Fingern! Daumen, Zeigefinger, Ringfinger, ganz egal … Das macht knacks, und mit einem Schnitt sind sie durch. Wie kleine butterzarte Möhrchen! Leg mal Deine Hand hierher, Walter, leg sie mal hierher.

Walter: Äh, später, Horst, später.

Horst: Man kann - und jetzt aufgepasst - das Messer sogar noch mehrfach in der Wunde rumdrehen! Nicht einmal … nicht zweimal … Sehen Sie? Auch nicht dreimal … Nein, bis zu vierzehn Mal können Sie mühelos … das … RIPPER …DOUBLE … BLADE … MAXI … MUM … SHARP… in ... der … Wunde … rum … drehen! Und, zack, der Ehemann ist hin … quasi im Handumdrehen! Huahuahua!

Walter: Huahuahua! Ein toller Gag!

Horst: Und hinterher zerschnippeln Sie den Ehemann dann in Nullkommanix in kleine Portionen! Auch das geht mit dem RIPPER-DOUBLEBLADE-MAXIMUM-SHARP so unglaublich einfach, dass es die helle Freude ist. Sehen Sie hier, Kameramann zwei. Schnipp – Ohr. Schnipp – Nase. Schwups – Zunge. Aber auch die festeren Teile: Ritscheratsch – Unterarm. Husch, husch, husch, rechtes Füßchen …

Walter: Phä – no – me – nal! Und jetzt verrat es uns und unseren neugierigen Zuschauerinnen: Wieviel kostet dieses edle Teil?

Horst: Wir haben versprochen, dass es ein Sonderangebot sein soll. Und jetzt frage ich Sie mal, liebe Hausfrauen: Was war Ihnen bisher ein ordentlich ausgeführter Gattenmord wert? Was haben Sie ausgegeben für Gifte, Feuerwaffen oder sogar gedungene Killer? Sie werden mir zustimmen, wenn ich behaupte, das hat Sie mehrere hundert Euro gekostet, oder?

Walter: Aber garantiert. Und das RIPPER-DOUBLEBLADE-MAXIMUM-SHARP ist günstiger?

Horst: Gaaanz genau, Walter! Das RIPPER-DOUBLEBLADE-MAXIMUM-SHARP können Sie heute bei uns haben für weniger als hundertfünfzig Euro.

Walter: Nein!

Horst: Doch! Für weniger als hundert Euro!

Walter: Nein!

Horst: Doch! Für weniger als Siebzig Euro!

Walter: Neeeiiiin!

Horst: Doch!

Walter: Ich werd verrückt! Ich werd total verrückt!

Horst: Das RIPPER-DOUBLEBLADE-MAXIMUM-SHARP bekommen Sie heute hier bei uns für sage und schreibe neunundsechzig Euro neunundneunzig!

Walter: Das ist der absolute Oberhammer, Horst!

Heidi: Das RIPPER-DOUBLEBLADE-MAXIMUM-SHARP mit seiner antibakteriellen Klinge aus Cromargan, Edelstahl, rostfrei 18/10, Spezialklingenstahl geschmiedet, eisgehärtet, mit seiner laserüberwachten Schärfe kostet heute nur neunundsechzig Euro neunundneunzig und ist noch dreihundertelf mal vorrätig. Beeilen Sie sich!

Walter: Das ist super!

Horst: Gaaanz genau, Walter! Und weil das so ein wunderschöner Tag ist, und weil Sie so ein großartiges Publikum sind, legen wir noch etwas drauf.

Walter: Wie? Ist das wahr? Noch mehr?

Horst: Oh ja! Zu dem RIPPER-DOUBLEBLADE-MAXIMUM-SHARP kriegen Sie noch ein Paket mit hundert Portionsgefrierbeuteln und einen Huschi-Wuschi-Wisch-und-weg-Mopp dazu! Mit den Beuteln ist das portionsweise Verstauen Ihres Gatten überhaupt kein Problem! Und mit dem Huschi-

Wuschi-Wisch-und-weg-Mopp haben Sie im Nu alles wieder blitzblank sauber gemacht!

Walter: Nein!

Horst: Doch!

Walter: Ohne Aufpreis?

Horst: Ohne Aufpreis. Und, als ob das nicht genug wäre, packe ich noch ein Fläschchen Klosterfrau Melissengeist für die Nerven obendrauf!

Walter: Das ist die absolute Spitze!

Heidi: Unser heutiges Super-Duper-Sonderangebot, das RIPPER-DOUBLEBLADE-MAXIMUM-SHARP mit seiner antibakteriellen Klinge aus Cromargan, Edelstahl, rostfrei 18/10, Spezialklingenstahl geschmiedet, eisgehärtet, mit seiner laserüberwachten Schärfe PLUS Hundert Portionsgefrierbeutel PLUS Huschi-Wuschi-Wisch-und-weg-Mopp PLUS ein Fläschchen Klosterfrau Melissengeist für heute nur sensationelle neunundsechzig Euro neunundneunzig ist noch genau viermal vorrätig!

Horst: Ein echtes Hammer-Angebot!

Heidi: Noch dreimal.

Horst: Kaum zu fassen! Die gehen weg wie warme Semmeln!

Heidi: Zweimal.

Walter: Wie warme Semmeln! Kein Wunder, bei so einem Wahnsinnsgerät und so einem Wahnsinnspreis!

Heidi: Gaaaaaaanz genau, Walter! Nur noch ein Messer … und das behalte ich für mich!

Ganz harmlos

Plattes Land, Möwen und steife Brise, das ist alles nicht so nach meinem Geschmack. Ich bevorzuge Hügel, Wärme, das Zirpen der Grillen. Nichts gegen Friesland, hier leben sicherlich reizende Menschen, keine Frage.

Nur zieht es mich eigentlich nicht zu ihnen hin.

Jever kenne ich vom Bier, klar. Die Werbung, wo der Mann rückwärts in die Dünen fällt. Hier sind gar keine Dünen, denn das Meer ist noch etwa zehn Kilometer entfernt, macht aber nichts. Ich bin auch nicht enttäuscht, keine Sorge! Es ist wirklich sehr nett und niedlich hier. Putzige Häuser, sauber verklinkert, sehr ansehnlich, sehr gepflegt. Es gibt bestimmt unglaublich viele Leute, die genau das haben wollen. Ich stehe in der Mitte des Lebens, da muss man sich nicht mehr umgewöhnen.

Jetzt, wo der Frühling Einzug hält, ist es noch reichlich kühl. Ich hätte mir eine dickere Jacke mitnehmen sollen. Letztens hat es sogar noch ein bisschen geschneit, hat man mir erzählt.

Die Leute in Jever sind nett, zuvorkommend, grinsen viel. Kein scheues Lächeln, sondern ein breites, einladendes Grinsen. Ich stoße fast überall auf ein offenes Ohr mit meinen Fragen. Ist ja auch nichts Ungewöhnliches, was ich wissen will. Ihn scheint hier ja wirklich jeder zu kennen. Alle grinsen gleich, wenn der Name fällt. Ja, den Heimo Hintjes kennen sie alle. Netter Kerl, völlig harmlos.

Im Hotel Jever Fass am Marktplatz, da kannte ihn schon der Nachtportier. Eigentlich wollte ich am Nachmittag ankommen, aber das mit der Bahn und den Bussen, das haut ja meistens vorne und hinten nicht hin. Erst mit dem Bus bis Köln, dann umsteigen in Dortmund, in Osnabrück noch mal, dann Sande … zweimal hab ich den Anschluss verpasst, weil wir zu spät kamen. Anscheinend ist das normal.

Ja, also der Nachtportier, der grinste schon, als ich nur fragte: »Kennen Sie einen gewissen Heimo Hin ...«. Klar, den Heimo Hintjes, den kenne er, der sei ganz harmlos. Ganz harmlos, da sind sich anscheinend alle vollkommen einig.

Am Nachmittag, so sagen sie alle, am Nachmittag, da taucht er auf. Schläft lange, schiebt eine ruhige Kugel und ist dann plötzlich da, manchmal am Kirchplatz, manchmal an den Graften. Oft da, wo man die gläsernen Türme der Brauerei sehen kann, weil da besonders viele Touristen sind.

Es ist jetzt fast Mittag, und ich bin ein bisschen herumgestromert. Die kleine Einkaufsstraße entlang, dann mal durch die Altstadt, ein paar Schritte durch den Schlosspark. Im Schloss war ich auch. Gefällt mir alles sehr gut. Die Sonne ist durchgekommen, das erste Grün sieht noch irgendwie unecht aus. Kopfsteinpflaster und Asphalt glänzen dunkel und feucht.

Aber ich bin nicht zum Bummeln hier.

Vielleicht sehe ich ihn ja zufällig irgendwo. Ich habe einen Zeitungsausschnitt bei mir, da ist ein Foto von ihm drin. Er grinst breit in die Kamera, so wie auch in dem Fernsehbeitrag, in dem ich zum ersten Mal von ihm erfahren habe. Ist völlig harmlos. Das sagen sie alle.

So sehr ich mich auch umgucke, ich kann ihn nirgends entdecken.

Vor dem Bismarck-Museum bleibe ich stehen. Montags geschlossen. Klar, hätte ich mir denken können. Wenn ich schon mal hier bin. Bismarck begegnet man hier an allen Ecken, dabei ist er selbst nie in Jever gewesen, der alte Reichskanzler.

An der Straßenecke gegenüber sehe ich das »Haus der Getreuen«, eine historische Gastwirtschaft. Da gibt es bestimmt was Rustikales zu Essen, was Handfestes. Hoffentlich nicht nur Fisch, den mag ich nämlich gar nicht. Noch so ein Grund, warum mich hier eigentlich nichts hinzieht.

Eigentlich …

Innen ist das »Haus der Getreuen« nicht halb so rustikal eingerichtet, wie man es von draußen annehmen könnte. Es ist hübsch, gemütlich, hat aber eher was von einer Cocktailbar oder einem Bistro. Sehr schick, mit einem umgekippten Boot als Sitzbank. Man kann noch erahnen, wie es früher mal hier ausgesehen hat.

Was mir in der Speisekarte angeboten wird, liest sich akzeptabel. Ich entscheide mich für ein Schnitzel, da kann man nicht viel verkehrt machen. Und es ist kein Fisch.

Es dauert nicht lange, und ich komme mit einem Pärchen am Nachbartisch ins Gespräch. Pensionierte Lehrer aus dem Nachbardorf. Repsholm oder so ähnlich. Sie lächeln freundlich, nein, auch sie grinsen.

Sie erklären mir das »Haus der Getreuen«. Pädagogen müssen immer irgendwas erklären.

Im Jahr 1871 haben hier in diesem Gasthaus einige glühende Verehrer des Reichskanzlers Otto von Bismarck im Überschwang der Gefühle und unter Einwirkung von Alkohol beschlossen, ihm, dem Schöpfer des neuen Deutschen Reiches als besondere Gabe zu seinem Geburtstag am 1. April postalisch 101 Kiebitzeier zu übersenden. Kiebitzeier liebte er nämlich, der Fürst Bismarck. Und dies taten sie von da an jedes Jahr, bis zu seinem Tod. Ich habe die Geschichte schon oft gehört, aber sie rührt mich jedes Jahr aufs Neue. Und jetzt sitze ich hier, wo dieser schöne Brauch seinen Anfang nahm. Und natürlich fällt mir Heimo Hintjes wieder ein.

Ich frage die Leute am Nachbartisch: »Kennen Sie denn auch diesen Heimo Hin …«

»Klar«, fallen sie mir fast synchron ins Wort. »Der Heimo, das ist ein Lustiger, und der ist …«

»… ganz harmlos«, schneide ich ihnen diesmal das Wort ab. »Jaja.«

Sie nicken bestätigend.

»Wir haben ihn vorhin gesehen«, sagt der Mann und nimmt von der Kellnerin einen bunten Salat entgegen. »Heute sitzt er auf der Bank vor der Lutherkirche.«

»Am Kirchplatz?«

»Ja, genau, da sitzt er in der Sonne und ...«

Ich frage die Kellnerin hektisch, ob mein Schnitzel schon in der Pfanne ist. Als sie erklärt, dass sie gerade erst die Bestellung in die Küche gegeben hat, mache ich alles rückgängig. Natürlich entschuldige ich mich überschwänglich. Es ist ja nicht ihre Schuld, es ist ja nicht das Lokal, das … ich muss los!

Zum Kirchplatz finde ich leicht. Ich war ja vorhin schon dort. Wahrscheinlich habe ich ihn nur um ein paar Minuten verpasst.

Eine kleine Traube von Menschen hat sich bereits um eine Parkbank gruppiert. Die Sonne taucht alles in goldenes Licht. Es wird Frühling, das ist nun nicht mehr aufzuhalten.

Heimo Hintjes sitzt auf der Bank und grinst. So wie auf dem Zeitungsfoto. Er grinst besonders breit, weil drei Japaner ihn gerade fotografieren. Amerikaner sind auch unter den Zuschauern, das kann man hören. »He's real?«, quakt eine Frauenstimme. Ein Mann antwortet: »Sure he is.«

Die Fotoapparate klicken, Heimo grinst. Sein Gesicht ist ein Meer von Falten. Seine Äugelchen sind klein und fast ganz zugekniffen über den prallen roten Bäckchen. Schlecht rasiert ist er, hat kleine Büschel weißer Stoppeln an Kinn und Hals. Seine dunkelblaue Prinz-Heinrich-Mütze hat er keck in den Nacken geschoben. Er sieht wirklich ganz harmlos aus. Ein harmloser Sechsundsiebzigjähriger.

»Erzähl weiter!«, fordert ein junger Blonder mit hessischem Dialekt. »Erzähl mehr von deinem Opa!«

Eine kleine, kugelrunde Mittfünfzigerin neben mir, die nach Kölnisch Wasser duftet, wendet sich erklärend an mich und sagt heiter: »Er ist nämlich der einzige Enkel von Bismarck.«

Ich nicke und murmele: »Ich weiß.«

Steht alles in dem Artikel.

Die Geschichten, die er seit Jahren von seinem »Lieblingsopa« zum Besten gibt, versetzen die Touristen in Heiterkeit. Und nicht nur die Touristen, auch die Friesen lieben ihn und seine schillernden Lebenserinnerungen, die er jeden hören lässt, der ihn aufsucht. Er erzählt mit unverwechselbar friesischem Zungenschlag tausendundeine Geschichte von Opa Otto und ist damit eine kleine Berühmtheit geworden.

»So, jetzt aber mal weiter«, hebt er an. Ein Goldzahn blinkt, als er grinst und ein kleines Mädchen auf seinen Schoß hebt. »So hab ich auch immer bei meinem Opa auf dem Schoß gesessen. Und dann hat er mich immer mit seinem buschigen Schnurrbart am Hals gekitzelt.« Er kitzelt das Mädchen mit den Fingern, weil er keinen Bart hat, und sie kichert.

»Abends, da hab ich ihm immer die Pantoffeln angezogen. Er hatte so bunt karierte Filzlatschen, die waren ihm am bequemsten, wenn er abends da saß und sich ein Bier aufmachte. Aus Jever natürlich. Das haben meine Mama und ich ihm immer mitgebracht, wenn wir ihn in Bad Kissingen besuchen fuhren. Papa konnte ja meistens nicht, der war ja auf der Arbeit.«

Links neben mir studiert ein Mann mit streng gescheiteltem grauen Haar einen Prospekt des Bismarck-Museums und runzelt die Stirn. Sein Blick ist skeptisch, sein Finger fährt suchend über das Papier und bleibt an einer Zahl hängen. Bismarcks Geburtsdatum: 1815.

Dann fährt er weiter runter und findet ein weiteres Datum: 1898. Bismarcks Sterbejahr.

Der Mann braucht nicht lange zu rechnen, um leise zu knurren: »Das ist doch alles Mumpitz.«

Er wendet sich kopfschüttelnd ab und geht weiter.

Ich kann nicht anders, ich muss Heimo etwas fragen. Etwas, das die ganze Lächerlichkeit dieser Vorstellung enthüllen soll. Ich frage das Erstbeste, was mir in den Sinn kommt: »Hat Bismarck geraucht?«

Heimo antwortet wie aus der Pistole geschossen: »Klar hat er. Fast ein ganzes Päckchen am Tag. Mentholzigaretten. Er hat immer gesagt, dass er dann nicht so aus dem Hals riecht. Wär ja auch unangenehm gewesen bei den Regierungsgeschäften und so.« Er will weiter schwadronieren, aber ich lasse ihn nicht: »Sie sprechen von Otto Eduard Leopold Fürst von Bismarck-Schönhausen?«

Heimo nickt energisch und grinst unbeirrt weiter. »Klar, klar, klar. Herzog zu Lauenburg, erster Reichskanzler des Deutschen Reiches. Mein Opa!« Und dann wendet er sich wieder dem kleinen Mädchen zu: »Zu Ostern, da gab's immer Kiebitzeier. Die hat mein Opa selbst angemalt und versteckt. Die waren wunderbar bunt. Er benutzte immer Filzstifte statt der Wassermalfarben, weil die viel mehr leuchteten. Bunte Bilder hat er draufgemalt. Tiere, Blumen, Raumschiffe ...«

»Raumschiffe?«, frage ich schnell.

Er gerät keineswegs aus der Fassung. »Klar, Raumschiffe. Von der Nasa, von den Russen. Mein Opa konnte das. Er hat mir auch jedes Jahr erzählt, er hätte den Osterhasen persönlich getroffen. Und als er dem Hasen eine Mentholzigarette angeboten hat, hätte der nur gesagt: »Nein, danke, Herr Fürst, die sind mir zu schlapp, ich rauche Roth-Händle ohne Filter.« Heimo lacht laut los. Ein unbeschwertes und unschuldiges, etwas heiseres Lachen.

Die Leute glucksen und kichern, und er leitet über zu den Weihnachtsfesten im Hause Bismarck, erzählt, wie der alte Fürst Jahr für Jahr den Weihnachtsmann gespielt habe, wobei immer der weiße Wattebart wie ein Klettverschluss am struppigen Schnurrbart kleben geblieben sei. Und das Lieblings-Weihnachtslied vom Fürsten sei »Sankt Niklas war ein Seemann« von Freddy Quinn gewesen.

Sein Geschwätz verschwimmt. Ich kann keine einzelnen Worte mehr erkennen, weil es in meinen Ohren beginnt zu rauschen. Zwischen den Bäumen hindurch sehe ich die biederen Häuser mit den weißen Sprossenfenstern ringsherum. Mein Blick wandert am alten Glockenturm hinauf und flieht in den strahlend blauen Himmel. Ich muss blinzeln.

Heimo Hintjes ist genauso, wie er in den Zeitungen und im Fernsehen geschildert wird.

Und er scheint ganz harmlos zu sein.

* * *

Gefunden hat ihn wohl ein Stadtarbeiter, der an der Duhmsgraft damit beschäftigt war, das Ufer zu säubern. Frühjahrsputz. Zuerst, so erzählt mir die Frau an der Rezeption beim Auschecken, seien da nur die Füße in den klobigen schwarzen Schuhen zu sehen gewesen. Und dann die Beine, die ins flache Wasser gereicht hätten. Der ganze Rest von Heimo Hintjes sei unter der Oberfläche gewesen. So habe es ihr jedenfalls der Schwager des Stadtarbeiters erzählt, mit dem sie seit zwei Wochen zusammen sei. Als die Rede auf ihren Freund kommt, grinst sie schon wieder.

Offenbar ist Heimo Hintjes wohl im besoffenen Kopp auf seinem nächtlichen Heimweg auf Schlingerkurs geraten. Im »Schwarzen Bär«, wo er gerne den verdienten Feierabend nach seinem Tagwerk als Witzfigur genoss, hatte er wohl bis kurz vor Mitternacht ordentlich getankt. Am Elisabethufer ist er dann vermutlich vom Weg abgekommen, gestrauchelt und die Böschung hinuntergestürzt. Und im dunklen Wasser der Graft hat er schließlich einen feuchten Tod gefunden.

Die nette junge Rezeptionistin hat wieder aufgehört zu grinsen und sagt betrübt: »Dabei war er ganz …«

Ich höre das Ende des Satzes nicht mehr, denn ich habe das Hotel schon verlassen. Heute darf mir das mit den Zügen nicht passieren. Wenn ich nicht pünktlich zurück bin, gibt es wahrscheinlich Ärger, und ich werde womöglich erstmal den Ausgang gesperrt bekommen. Ich bin ziemlich aufgeregt, denn das war doch alles ein bisschen viel für mich.

Erst als ich endlich im Zug sitze, beruhige ich mich. Bis Sande sind es knapp zwanzig Minuten, Zeit durchzuatmen.

Am liebsten hätte ich ja das alte Richtschwert benutzt, das im Schloss von Jever ausgestellt wird. Das hätte er verdient. Kopf ab, dem Lügner!

Als ich den Blick verschwommen auf die vorbeieilende Landschaft richte, sehe ich wieder sein grinsendes Gesicht vor mir. Ein Ausbund an guter Laune. Und ein gemeiner Hochstapler zugleich.

Ich will nicht wissen, wie viel Tausende Menschen ihm das schon geglaubt haben, mit dem Großvater und so. Das ist niederträchtig, bösartig. Das musste ich unterbinden, das ist ja wohl Familienehre!

Andere Bilder drängen sich in den Vordergrund. Tröstliche Bilder meiner Jugend. Die große, grobe Hand meines Großvaters, der dichte Schnurrbart, gewoben aus tausenden kleinen gekräuselten Härchen. Er hat den Binder um den steifen Stehkragen gelockert und den obersten Knopf geöffnet. Seine roten Bäckchen leuchten. Er ist glücklich, wenn er mit seinem einzigen Enkel zusammen sein kann. Die Regierungsgeschäfte rücken in den Hintergrund. Wir essen die Kiebitzeier, die ihm die Jeveraner geschickt haben. Ich mag sie nicht besonders, aber Großvater guckt bei jedem Bissen ganz verzückt. Ich sitze neben ihm auf dem zart gemusterten dunkelgrünen Fauteuil.

Wir gucken die Sendung mit der Maus.

Er kann mit fest aufeinander gepressten Lippen das Trompeten des kleinen Elefanten nachmachen, und wenn er mit der Zunge schnalzt, hört es sich an wie das Augenklimpern der Maus. Ganz echt.

Ich habe ihm erst eine Viertelstunde zuvor mit einer kleinen Nagelschere die Haare aus den Ohrmuscheln schneiden dürfen. Dafür kriege ich immer eine Mark. Oder war das schon Euro? Nein, den Euro hat Opa nicht mehr erlebt.

Das Telefon klingelt, Opa geht ran und meldet sich mit »Otto Fürst von Bismarck«. Dann sagt er: »Nein, Eure Kaiserliche Hoheit, das geht heute nicht, ich muss mit meinem Enkel gleich noch rasch zum Mediamarkt, ein neues Grammophon kaufen.«

Opa war der Beste. Jetzt ist er schon so lange tot. Aber er hat sein Leben prall gefüllt. Südpolexpedition, Schlacht bei Waterloo, Erfindung des Kunstdüngers … Steinalt ist er geworden. Ich bin erst fünfzig und fühle mich manchmal schon alt.

Er hat selten getrunken und nie geraucht.

Mentholzigaretten … pah!

Opa hat jeden Morgen ein Stück rohe Leber gegessen und ist einmal im Jahr durch den Ärmelkanal geschwommen … mit den Händen auf dem Rücken!

Opa konnte Handstand und war ein klasse Elvis-Imitator.

Opa roch nach Patschuli-Räucherstäbchen.

Opa hatte ein grünes und ein ockerfarbenes Auge.

Opa ging meistens rückwärts.

Opa …

Die Frau gegenüber mustert mich irritiert. Ich habe wohl wieder mal vor mich hin gebrabbelt. Ob ich Schwester Margret doch mal fragen soll, ob sie mir wieder die anderen Tabletten gibt?

Jetzt grinst die Frau. Sie denkt sicher *ganz harmlos*.

Null Null

Hier ein Agent mit Doppelnull den Koffer in der Linken.
Am Austauschort im Bahnhofsklo soll ein Vermögen winken.

Top Secret und gefährlich ist, ganz klar, die Aktenlage,
brisant und heikel für den Staat, viel Geld wert, keine Frage.

Die Tür versperrt und hingesetzt, die Losung intoniert,
Den Koffer dann mit einem Fuß zum Nachbarn links spediert.

Papiergeraschel, dumpfes Poltern, Geräusche aller Sorten,
Die Spülung rauscht, es knarrt, es quietscht, nicht neu an solchen Orten.

Ganz unverhofft wird jetzt von rechts das Losungswort geraunt,
Was den geheimen Topagenten ordentlich erstaunt.

Von links erscheint erneut der Koffer, doch dieser ist ihm fremd,
Im Innern ruhn Kosmetika und ein türkises Hemd.

Nach rechterhand verschiebt er ihn, nur um es zu probieren,
Nur ungern würd' er seinen Lohn für das Dossier verlieren.

Tatsächlich folgt die Antwort prompt in andrer Kofferform,
Der Inhalt ist kein Bargeld zwar, jedoch durchaus enorm.

Zwölf Magazine für den Herrn, ein Buch mit Doktorwitzen,
Den Koffer schiebt er gleich nach links, der kann ihm wenig nützen.

Nun wird etwas zurückgesandt, ein Koffer zwar, doch jener
Enthält Schnaps, Rauschgift, Zigaretten, na das wird ja immer schöner!

Nun folgend wechseln Koffer von verschiedener Couleur
Die Seiten und Besitzer, reisen hin und wieder her.

Unser Agent schaut nach, zerwühlt, filzt, stöbert und durchsucht,
Nach Geld oder Geheimpapier, wobei er leise flucht.

Er findet Schrumpfköpfe und Gift und ein paar Feuerwaffen
Auch einen echten Leguan und Felle von Giraffen.

Ein neuer Koffer bahnt sich an, in dem es leise tickt,
Die Folgen hat der Herr Agent so rasch nicht überblickt.

Es explodiert der Bahnhof samt den Zügen und den Schienen,
Samt Restaurant und Bahnhofsklo mit allen sechs Kabinen.

Die Doppelnull ist nun erlöst von allen Koffernöten,
Jetzt hat im himmlischen Orchester er eine Lizenz zu flöten.

Die Plörre

Er kannte sich aus. Er witterte es, wenn ein Wein korkte, noch bevor er die Flasche öffnete, er erkannte einen guten Tropfen, wenn er das gläserne Behältnis nur in der Hand wog und er spürte es, wenn Plörre abgefüllt worden war, noch bevor er das Etikett betrachtete.

Man wurde nicht Sommelier des Jahres, wenn man sich täuschen ließ.

Das galt auch für Menschen. Auch da hatte er den Kennerblick, beherrschte jeden Handgriff, auch da täuschte ihn kein Etikett. Wenn Plörre drin war, spürte er das.

Udo Anfort betrachtete sein Spiegelbild und strich sich mit dem angefeuchteten Mittelfinger die buschigen Augenbrauen glatt.

Er wusste, dass sie ihn am liebsten jedes Jahr zum Sommelier des Jahres küren würden, aber das verbot sich von selbst. Das gedämpfte Licht des leeren Lokals glättete seine harten Gesichtszüge und ließ kleine Lichtblitze in seinen schwarzen Pupillen aufglimmen.

Sanfter Jazz kroch aus den Lautsprechern. Die rauchige Stimme einer Frau. Sicher eine Schwarze, eine mit vollen Lippen und langen Wimpern. Ihre gehauchten Worte und hin und wieder das dumpfe Brummen eines vorbeifahrenden Autos waren die einzigen Geräusche. Es war beinahe zwölf, alle anderen waren bereits gegangen. Der Raum roch nach Menschen, die nicht mehr da waren. Er war sehr sensibel für Gerüche. Sensibel für überhaupt alles, er hatte sehr feine Antennen. Udo Anfort wandte sich zur Seite, betrachtete seinen Körper im Profil, rückte sich den Kragen zurecht.

Dann hörte er das leise Klopfen, und sein Mund krümmte sich zu etwas, das ein Lächeln hätte sein können. »Aha, die Plörre«, murmelte er.

Sie stand draußen vor dem Küchenausgang. Er erkannte ihren zierlichen Körper, der in etwas Orangefarbenem steckte, durch die Milchglasscheibe.

Natürlich hatte sie ihre Chance erkannt. Ihre einzige. Während er betont langsam in seiner Hosentasche nach dem Schlüssel suchte, dachte er an das knappe Telefonat zurück, das er vor einer halben Stunde mit ihr geführt hatte. Eigentlich hatte es sich gar nicht um ein richtiges Telefonat gehandelt. Er hatte auf ihr zaghaftes »Hallo« nur die Worte »Ich denke, ich könnte gleich nach Feierabend noch einmal mit Ihnen darüber reden«, gesagt. Nicht viel mehr. Sie hatte versucht, eine Frage zu stellen, hatte nach einem kurzen Moment des Schweigens gestammelt: »Nach Feierabend? Heute Abend? Aber was ...«, und er hatte barsch erwidert: »Überlegen Sie es sich. Entweder Sie sind in einer halben Stunde hier, oder das war's.« Dann hatte er die Verbindung unterbrochen.

Und jetzt stand sie vor ihm. Eine unförmige Wollmütze auf dem blassen kleinen Kopf, der aussah wie der eines Sperlings. Sie sah zu ihm auf, und er verspürte fast so etwas wie einen Anflug von Mitleid.

In dieser Frau, in dieser Flasche schwamm Plörre. Von Anfang an hatte er das gewusst, von dem Tag an, an dem sie bei ihm vorgesprochen hatte, um einen Ausbildungsplatz zu bekommen. Was immer er ihr auch hätte beibringen können, was auch immer er von seinem umfassenden Wissen in ihren kleinen Vogelkopf hätte eintrichtern können, es wäre versickert, vertrocknet, verloren gewesen.

»Kommen Sie rein.« Er kehrte ihr gleich den Rücken zu, um nicht länger den Anblick der rotgeheulten Augen ertragen zu müssen und schritt voran ins Restaurant. Wenn er diese jämmerliche kleine Gestalt noch länger vor sich kauern sah, wie sie ihre Hände rang und ängstlich die Lippen nach innen stülpte, dann würde es ihm womöglich noch vergehen. Und dazu war er in viel zu guter Stimmung. Er wollte ein bisschen Spaß.

Am frühen Abend war ihr das mit der Silvaner Beerenauslese des Würzburger Juliusspitals passiert. Den Korken in einer solchen Flasche abzubrechen …

Er hatte mit der flachen Hand ausgeholt. Mehr nicht. Das war so gut wie eine Ohrfeige. Da hatte sie gleich gewusst, dass es vorbei war. Dass sie sich völlig umsonst seinen Schikanen der letzten Wochen unterworfen hatte. Sein gefasstes, aber dennoch nachdrückliches »Raus!« hatte ihren Traumjob für immer beendet.

Andere vor ihr waren dann auf die Knie gefallen, hatten seine Hände berührt, sich die Haare gerauft, aber sie hatte sich nur umgewandt, und an ihren zuckenden Schultern hatte er erkannt, dass sie flennte.

Er gab ihnen immer knappe sechs Stunden, bevor er sie anrief. Für gewöhnlich flackerte für sie während einer solch knappen Zeitspanne immer noch ein kleines Flämmchen der Hoffnung. Sie glaubten, sie könnten ihn umstimmen, wenn sie ihm zu Willen waren.

Er hatte einen Spätburgunder Barrique vom badischen Weingut Knab aus Endingen am Kaiserstuhl dekantiert. Er liebte deutsche Weine, dafür war das »Schildheimer Gasthaus« weit über die Grenzen der Region berühmt.

Wortlos deutete er mit der ausgestreckten Linken in die von Bruchstein eingefasste Nische neben dem Kamin. Es war der Tisch, an dem sich die Gäste des Sternelokals am geborgensten fühlten. Vielleicht, weil man hier nahezu unbeobachtet sitzen konnte. Für einen Moment hatte er erwogen, ein Kaminfeuer zu entzünden, aber diesen Gedanken wieder verworfen. Es sollte keine lange Geschichte werden. So eine Attraktion war sie nicht.

»Legen Sie doch Ihren Mantel ab«, sagte er betont beiläufig, während er den Wein einschenkte. »Und Ihre Mütze natürlich.«

Irritiert setzte sie sich, legte die Hand an einen Zipfel ihres Schals, zögerte einen Augenblick und zog ihn dann langsam hinunter.

Der blutrote Wein schaukelte behäbig im Glas hin und her. Er legte zwei Finger auf den Fuß und schob es über die Tischdecke zu ihr hin. Ihre Mütze glitt beinahe wie von selbst von ihrem kurz geschnittenen dunkelblonden Haar, und die Finger ihrer Rechten öffneten langsam und unentschlossen die großen roten Kunststoffknöpfe ihres Mantels. Darunter trug sie ein T-Shirt mit einem Aufdruck, der ein Tier darstellen sollte. Ein Pferd … ein Lama … Sie war schlank, fast mager. Mal was anderes …

Ob sie ahnte, was er wirklich von ihr wollte? Er betrachtete sie aus der Höhe und fand, dass sie jetzt, wo sie sich ihrer geschmacklosen Winterkleidung entledigt hatte, schon nicht mehr ganz so erbärmlich wirkte. Vielleicht könnte es doch noch richtig unterhaltsam werden ... nein, doch eher nicht.

Manche hatten es gleich kapiert, hatten sich gar nicht erst geziert, sondern gleich mitgespielt, aber die hier … Plörre. Etwas, was man aus einer trüben Tasse trank.

»Wissen Sie, Elfi …«

»Evi.« Ihre Stimme klang zaghaft und unsicher.

»Evi, meinetwegen. Sie wollen Sommelière werden. Sie wissen, dass es etwas Besonderes darstellt, von mir ausgebildet zu werden?«

Statt einer Antwort nickte sie. Er musste das Licht noch mehr dämpfen. Dieser unterwürfige Vogelblick verdarb ihm alles!

»Glauben Sie, Sie hätten wirklich das Zeug dazu? Sommelière, das ist nicht dasselbe wie Metzgereifachverkäuferin oder Fußpflegerin oder so etwas.«

Sie wusste ganz offensichtlich nicht, was sie tun sollte, den Kopf schütteln oder nicken.

»Eine Ausbildung wie diese erfordert Vertrauen, Elf… Evi.« Sein linker Zeigefinger strich ihr über die Schläfe. Er beobachtete, wie ihre Hände sich umeinander krampften.

»Wir werden noch einmal neu anfangen, Sie und ich. Wir trinken jetzt einen Schluck dieses wunderbaren Weins, und dann …« Sein Finger strich ihren Hals entlang, ertastete die nervöse Bewegung ihres Adamsapfels, erreichte ihr Dekolleté.

»Wir gewöhnen uns aneinander.« Mit spielerischer Sicherheit gesellten sich die anderen Finger seiner Hand auf dem Weg unter den Rand ihres Shirts dazu, glitten abwärts, krochen unter den Saum ihres Büstenhalters, und endlich, endlich schloss sie ihre Augen. Es lief gut. Während er ihre kleine, rechte Brust umfasste, hob er das Glas an den Mund und ließ das göttliche Getränk über seine Zunge fließen.

Als er das Glas auf dem Tischtuch abstellte, fasste er fester zu. Wenn es bis hierhin ohne Protest gelungen war, war es immer ein Kinderspiel.

Als er im nächsten Moment ganz unverhofft eine Bewegung hinter seiner rechten Schulter wahrnahm, konnte er kaum reagieren, so überrascht war er. Etwas wurde vor seinen Mund und seine Nase gepresst. Es gelang ihm nicht mehr, die Hand von ihrer Brust zu lösen, er roch Äther, er sah, wie die Bruchsteine sich gegeneinander verschoben, das Licht ging aus …

Die schwarze Sängerin war nicht mehr zu hören. Es war totenstill. Er nahm zwei Augenpaare wahr, die auf ihn gerichtet waren. Neugierig, unverhohlen starrend, als sei er eine bislang unentdeckte Spezies.

Ein Mann und eine Frau, beide vielleicht Ende vierzig. Sie hatten sich gegenüber von ihm positioniert. Hinter ihnen erkannte er die Bruchsteinwand. Langsam wandte er den Kopf nach rechts und dann nach links. Von der Kleinen war nichts zu sehen. Er saß jetzt an ihrem Platz.

»Evi ist ins Bett«, sagte die Frau. »Hat ja'n Hammertag gehabt. Muss sich mal richtig auspennen.«

»Onkel Kurt un Tant Rita«, sagte der Mann. Es klang rau und knirschend, aber mit einem heiteren Unterton. Dann fingerte er mit dem kleinen Finger zwischen den Zähnen herum und saugte dabei zwitschernd die Luft ein. »Also der Onkel un die Tant vom Evi.«

Udo Anfort wollte etwas entgegnen, aber die Zunge klebte ihm am Gaumen. Er brachte nur ein Lallen hervor und räusperte sich schwerfällig. Was war geschehen?

Als er sich mit den Händen übers Gesicht streichen wollte, spürte er, dass er seine Hände nicht heben konnte. Mühsam neigte er den Kopf zur Seite, um nachzusehen, was ihn behinderte.

»Kabelbinder«, erklärte Onkel Kurt ungefragt und kratzte sich am stoppeligen Kinn.

»Kurt is Elektriker.«

»Hab ich immer dabei. Irjendwo is ja immer wat lose. Mit Kabelbinder kriegste alles ant Halten.«

Um Anfort herum wurde es heller. Die Konturen der Restauranteinrichtung und der beiden Gestalten wurden schärfer.

»Evi is so stolz, dat sie hier lernen darf. Sie sacht, Sie wären der beste Sommüliehr …«, sagte die Tante begeistert.

»Sommilähr«, korrigierte ihr Mann sie. »Der beste Sommilähr, sacht sie, wären Sie. Wenn die bei uns in der Familie Wein aufmacht, also der vom Netto oder Lidl, dann zeicht die immer, wat se hier jelernt hat.« Der Mann ließ den Blick über die Restauranteinrichtung gleiten und nickte anerkennend. »Voll der Nobelschuppen. Die Evi, die hat immer jesacht, dat se wat janz Besonderes werden will.«

»Un jetz hat se et jeschafft.« Tante Rita zeigte ein beseeltes Lächeln. Auf ihrem rechten Schneidezahn glitzerte ein Brilli. Sie deutete auf den Tisch. »Hier, kuckense mal.«

Erst jetzt entdeckte Anfort die vier vor ihm aufgereihten Flaschen. Sie waren leer. Er konnte die Etiketten nicht erkennen, aber er vermutete …

»Stargarder Land, Werderaner Wachtelberg, Sylt, und Baierwein«, sagte Tante Rita kichernd. »Evi sacht, die wären lecker. Verstehmer natürlich nix von. Aber Kurt zeicht Ihnen mal unser Familienrezept.« Wie aus dem Nichts hatte sie eine große gläserne Salatschüssel hervorgeholt, in der eine blassgoldene Flüssigkeit schwappte. Sie tunkte kurz den Finger hinein, an dem ein langer, pardiesapfelroter Fingernagel klebte und lutschte ihn geräuschvoll ab. »Dat auf Sylt Wein wächst …« Sie holte eine fünfte Flasche hervor. »Und auf Malle. Nie jehört.« Kurt nahm ihr den Rotwein aus der Hand, prüfte das Etikett, murmelte »Grann Winnja Sonn Kaules. Richtich ausjesprochen?« Dann setzte er ihn an die Lippen und nahm ein paar kräftige Schlucke. Danach stieß er einen unterdrückten Rülpser aus und sagte mit Kennermiene: »Nich verkehrt … nich verkehrt.«

Jetzt wurde eine Dose sichtbar, deren metallener Deckel von Tante Rita aufgespreizt wurde. Buntes, gewürfeltes Obst pladderte in die mit Wein gefüllte Schüssel. Und Onkel Kurt präsentierte stolz einen Flachmann. »Strohrum. Hat ordentlich Umdrehungen.« Glucksend floss der Inhalt ebenfalls hinein.

Rita rieb sich die Hände. »Der Knaller auf jeder Fete. Un am leckersten sin die Möppchen.«

Als verstehe Anfort ihre Sprache nicht, erklärte sie: »Dat Obst.«

»Genug«, japste Anfort und wunderte sich über seinen eigenen krächzenden Tonfall. »Es reicht … Machen Sie mich sofort … los, oder ich …« Er wand sich hin und her und spürte, dass die Kabelbinder ihm ins Fleisch schnitten.

»Nu mal langsam«, sagte Onkel Kurt freundlich. »Wir wollen uns doch bei Ihnen mit nem juten Tröpfchen erkenntlich zeigen. Dat Evi hat uns verraten, wat Ihnen schmeckt … Jeht alles auf uns.«

Ohne Vorwarnung hatte er eine Kelle hervorgeholt, zog sie einmal durch die Schüssel und schwenkte sie zu Anforts Mund, den dieser gerade geöffnet hatte, um eine Drohung auszustoßen. Der süße Schwall floss ihm in den Rachen, troff ihm in den Hemdkragen, schoss ihm die Nase hinauf. Ein Stückchen Mandarine blieb unter seinem linken Auge kleben. Er röchelte wie ein Gestrandeter und schrie: »Aufhören!«

»Aufhören!«, rief nun auch jemand neben ihm, den Anfort bislang nicht wahrgenommen hatte. Aus den Augenwinkeln heraus erkannte er eine kleine, kugelige Gestalt im Blaumann. Über dem faltigen Gesicht hatte der Mann einen beigefarbenen Cordhut in den Nacken geschoben. Er schwenkte zwei weitere Flaschen. »Kurt, du Doof. Bowle kannste beim Grillen machen. Hier im feinen Restorang jibbet Wein pur.« Er wackelte auf den Tisch zu und knallte die Flaschen auf den Tisch.

»Dat is Oppa Heinrich«, erklärte Rita mit zuckersüßem Lächeln. »Also der Oppa vom Evi.«

Udo Anfort erkannte mit von Bowle verschleiertem Blick, worum es sich bei den Flaschen handelte. Karsdorfer Hohe Gräte Traminer Spätlese von Lützkendorf und Pillnitzer Königlicher Weinberg Kerner von Klaus Zimmerling. Das durfte doch alles nicht wahr sein!

»Der Keller?«, schrie er. »Sie waren doch nicht etwa in … Wer hat Ihnen erlaubt …« Er erstarrte vor Schreck, als er mitansehen musste, wie die knotigen Finger des Alten die Kapseln von den Flaschenhälsen fummelten. »Kurt, jimmir mal den Schraubenzieher.«

Onkel Kurt präsentierte stolz das Werkzeug, das er offenbar ebenfalls immer mit sich führte. »Irjendwo is ja immer wat locker.«

Und in Windeseile hatte der Alte mit ein paar rüden Stichen des Schraubenziehers die Korken ins Innere der Flaschen gedrückt. In das Glas, das Rita auf den Tisch stellte, tanzte jetzt ein Strahl edelster Flüssigkeit, völlig verdorben durch Korkbrocken unterschiedlicher Größe. Als der Alte es ihm an den Mund führte, presste Anfort die Lippen fest zusammen. Aber zwei der schwieligen Finger kniffen ihm die Nase zu, und als er nach Luft schnappte, bröckelte der verdorbene Wein in seine Kehle. Gerade als er ausspucken wollte, drückten die Finger wieder zu, und er schluckte instinktiv den verdorbenen Wein hinunter.

»Un der andere auch noch!« Dieselbe Prozedur erfolgte mit der Bopparder Hamm Riesling Spätlese von Weingart.

»Ihr Verrückten!«, schrie Anfort gurgelnd und ruckelte hin und her.

Jetzt erschienen weitere Gestalten im Hintergrund.

»Omma Grete, biste auch schon da?«, jubelte Rita. Die Menschen fielen sich um den Hals. Jeder von ihnen trug mehrere Flaschen mit sich.

»Evi seine Omma. Und dat da, dat is meine Schwester«, sagte Kurt stolz. »Die Mama vom Evi.«

Anfort erkannte vage die spindeldürre Frau in einem türkisfarbenen Jogginganzug, deren Lidschatten alle Farben des Regenbogens widerspiegelte. An einem der ersten Arbeitstage hatte er Evi in der Ferne aus ihrem Auto steigen sehen, einem rostigen Datsun mit gehäkeltem Klopapierpüppchen auf der Rückbank. Sie reichte ihm eine knochige Hand und begann dann schrill zu kichern. »Ach, ich Dusselchen. Sie können mir ja gar nich …«

Stolz präsentierte sie eine Flasche Silvaner Spätlese trocken »Asphodill« von Fürst Löwenstein. »Evi sacht immer, et wär janz wichtich, dat der die richtije Temperatur hat.«

»Wie lang hattsten drin?«, fragte Kurt interessiert.

»Anderthalb Minütchen.«

»Wodrin?«, hauchte Anfort ungläubig.

»Mikrowelle. Hinten in der Küche.«

Er schnappte nach Luft. Ein erhitzter Asphodill! Das war eine Todsünde! Der Wein wuchs stolz auf einer der eindrucksvollsten Steillagen Europas und endete schmachvoll als Fünf-Minuten-Terrine!

Ehe er seiner Empörung Luft machen konnte, hatte Oppa Heinrich wieder die Nasenklammer angesetzt, und die urinwarme Brühe rann ihm in den Hals.

»Hilfe«, japste er. »Hilfe!«

»Ihr seid plemplem«, polterte ein kahlrasierter Stiernacken im Netzshirt. »Dat is Weißwein, der muss kalt sein, Ihr Spacken!«

Evis Mutter schob sich an die Seite des Muskelpakets. »Dat is Erol, der is quasi der Vater vom Evi. Also der richtije Vater is … na ja irjendwo anders.« Mit gespreizten Fingern symbolisierte sie Gitterstäbe.

Erol entkorkte nahezu fachmännisch einen Heppenheimer Centgericht Riesling Eiswein aus dem Staatsweingut Domaine Bergstraße, wobei er eine feierliche Miene aufsetzte und erklärte: »Die Evi, dat is die Einzije von uns, die nen richtich feinen Beruf lernt. Dat Mädchen is wat besonders, wissense. Die hat en Glück, Mannomann.«

»In sonnem feinen Restorang!«, jubelte Omma Grete und zeigte ihre Goldzähne.

Zu Anforts Entsetzen ließ Erol vier Eiswürfel in ein Weinglas klimpern, erst dann goss er den Wein dazu.

Diesmal entwand sich Anfort Oppa Heinrichs Klammergriff und versuchte hektisch, in die Finger des Alten zu beißen. Aber der handwerklich geschickte Kurt schwenkte plötzlich den bunten Schal, den Evi offenbar auf dem Tisch hatte liegenlassen und rief triumphierend: »Ich weiß wat!« Und dann fixierte er Anforts Kopf, indem er ihm den Schal unter der Nase um den Kopf schlang und ihn mit den Enden an den beiden hinteren Stuhlbeinen festknotete. Wenn Udo Anfort sich nicht selbst das Genick brechen wollte, musste er wohl oder übel den Mund halboffen stehen lassen. In seinem Nacken knirschte es beängstigend, seine Augen tränten. Das Stückchen Mandarine glitt für einen kurzen Augenblick auf seinen linken Augapfel, bevor es zu Boden fiel.

»Mögen Sie eijentlich Cocktails?«, fragte eine heisere Stimme. Rita stellte den pickligen Mann mit der dickglasigen Brille, der sich über ihn beugte, als Evis Vetter Norbert vor. »Probieren Se mal.« Es war süß und klebrig, es schäumte ihm durch die Mundhöhle. Es war Cola mit … einem Spätburgunder »Wildenstein« Barrique von Bernhard Huber! Selbst durch die zuckrige Brühe schmeckte er noch den zarten Hilferuf des großen Tropfens.

»Oder Glühwein?«, fragte eine blasse, aknenarbige, zigfach gepiercte junge Frau mit leichenwagenschwarz umrahmten Augen und schwenkte eine Flasche Rotwein vor seinen Augen. Nicht der Fellbacher Lämmler Lemberger!, dachte er. Bitte nicht der gute Württemberger vom Aldinger!

Es war natürlich der Lemberger. Die Frau entfernte sich mit laut klackernden Absätzen. Anfort ahnte, dass sie mit der kostbaren Flasche die Küche aufsuchte. »Aaaoouuurrghhhh!«, röchelte er.

Oppa Heinrich präsentierte eine weitere Flasche. Eine Doppelmagnum aus dem Weingut Emrich-Schönleber. »Wat is dat denn? Ne Familienflasche? Is dat dann billijer? Mon … zinger Ha … lenberg Ries … ling R«, las er stockend vom Etikett ab. »Mir is ja immer viel zu wenig Schmackes in Wein. Ich mach immer den Oppa Heini-Mix. Pass ma auf!« Zuerst träufelte er den Inhalt eines Magenbitterfläschchens und dann ein paar Schlucke Riesling in Anforts Mund. »Ordentlich mixen! Sonst schmeckt et nich!«

Aus Anforts halboffenem Mund tanzte eine bräunliche Fontäne in die Höhe.

»Guck ma, wie'n Springbrunnen!«, jubelte Evis Mama und klatschte begeistert in die Hände.

»Lecker, wa? Schmeckt mir aber immer nur mit Monzinger Dingensberg!«, rief Oppa Heinrich heiter, und alle brüllten laut auf vor Lachen.

Irgendjemand hatte den CD-Player wieder eingeschaltet, aber offenbar dem eigenen Musikgeschmack den Vorzug gegeben. Roland Kaiser schmetterte laut durchs Lokal: »Sieben Fässer Wein können uns nicht gefährlich sein …«

Ein entferntes Klackern von klobigen Absätzen kündigte wenige Momente später das Nahen des Glühweins an. Das schwarzweiße Metallgesicht trug feierlich einen Topf vor sich her und intonierte einen imaginären Fanfarenstoß. Es roch tatsächlich nach Zimt und Nelken.

Anfort quollen die Tränen aus den Augenwinkeln. Wer so etwas mit einem Lemberger machte, der gehörte auf den elektrischen Stuhl!

Er hatte in Gedanken die übelste aller Verwünschungen, die ihm für diesen Abschaum von einer Proletenfamilie einfallen wollte, noch nicht ausformuliert, als ihm bereits das Höllenfeuer in den Mund waberte. Der Vierzig-Euro-Glühwein war unbarmherzig heiß. Er hatte das Gefühl, seine Zunge werfe Blasen und müsse zerplatzen.

Wieder gab er einen unartikulierten Laut von sich. Diesmal vor körperlichem Schmerz.

»Bisschen heiß, wie?«, fragte Onkel Kurt und stopfte zwei Eiswürfel hinterher.

»Wird sofort jelöscht!«, rief Erol und entkorkte eine Flasche Spätburgunder »Hommage« von Friedrich Becker.

Und Heino sang dazu mit Inbrunst: »Rote Rosen, rote Lippen, roter Weeeiiin …«

Udo Anfort hatte keine Kraft mehr. Sie hatten seinen Willen gebrochen. Ohne ein weiteres Zeichen des Protests ließ er all das geschehen, was geschehen musste.

Sie flößten ihm selbstgemachten Rosé aus der Mallorquiner Cuvée und der Kiedricher Gräfenberg Riesling Beerenauslese Goldkapsel von Robert Weil ein.

Sie süßten den Riesling trocken »G-Max« vom Weingut Keller mit Kandiszucker.

Sie träufelten ihm eine verwegene Mischung aus Maggi und einem Maximin Grünhäuser Herrenberg Riesling in den Mund.

Sie brachten ihm die Tequila-Variante mit Zitrone, Salz und einem kräftigen Schluck Walporzheimer Gärkammer Spätburgunder vom Weingut Adeneuer bei.

Sie löffelten ihm eine Weincreme zwischen die geschundenen Lippen, die Omma Grete vor seinen brennenden Augen aus einem Becher Fertigpudding und einem Glas Scharzhofberger Riesling Trockenbeerenauslese von Egon Müller angerührt hatte.

Udo Jürgens sang voller Sehnsucht: »Griiiieeechischer Weeeiiin …«

Die Stimmung war gut. Alles jubelte beseelt, tanzte, übergoss sich gegenseitig mit Rot- und Weißwein.

Und plötzlich brach die Musik ab.

Und alles erstarrte.

Die Silhouette einer zierlichen Gestalt, die Anfort nur im äußersten Winkel seines Gesichtsfelds wahrnehmen konnte, stand in der Tür zur Küche. Vermutlich war sie durch den Hintereingang hineingekommen, genau wie all die anderen.

Langsam kam Evi auf ihn zu, mit unsicheren Schritten, mit fragend schief gelegtem Kopf. Es machte den Anschein, als versuchte sie die bizarre Situation zu erfassen, sich zusammenzureimen, was geschehen war.

Schließlich blieb sie vor ihm stehen. Er musste die Augäpfel so weit nach oben rollen, dass es schmerzte. Ihr Gesicht spiegelte Ratlosigkeit wider, und es sah mit einem Mal gar nicht mehr wie das eines mickrigen Sperlings aus. Es schwebte weit über ihm, entrückt, ihre Augenbrauen krochen aufeinander zu.

»Ich habe meinen Schal vergessen«, sagte sie leise.

Dann sah er, wie sie eine Flasche vom Tisch nahm. Sie präsentierte ihm mit einer eleganten Bewegung das Etikett. Wehlener Sonnenuhr Riesling Auslese Goldkapsel von Johann Josef Prüm.

Dann stellte sie die Flasche wieder auf den Tisch, nahm ein Kellnermesser, schnitt mit geübten Griffen die Kapsel durch, setzte den Korkenzieher an, schraubte ihn kraftvoll und mühelos hinein und zog mit sicherem Nachgreifen den Korken aus dem Hals, ohne dass die Flasche sich auch nur im Mindesten bewegt hätte. Ein sanftes Quietschen und ein leises Ploppen waren die einzigen Geräusche, die zu hören waren.

Nun trug sie die gläserne Kostbarkeit von der Mosel zu ihm hinüber, zeigte ihm kurz den Korken, warf einen langen und intensiven Blick in die Runde ihrer Verwandten, und als diese auffordernd nickten und begannen, rhythmisch im Takt zu klatschen, da setzte sie ihm schließlich den Flaschenhals an die Lippen, und der köstliche unverfälschte Geschmack des königlichen Weines umschmeichelte seinen Gaumen, und er spürte, wie Dankbarkeit in ihm aufstieg. Dankbarkeit wegen dieser noblen, gnädigen Geste. Sie vergalt ihm die Pein und die Schmerzen der letzten Stunde mit flüssigem Gold.

Er hätte ihr gerne ein Lob ausgesprochen, hätte ihr bescheinigt, dass sie die Flasche vorbildlich entkorkt, ihn nach allen Regeln der Sommelierskunst bedient, ihn stolz gemacht hatte. Stolz darauf, dass er ihr alles beibringen durfte, was er an Wissen in sich trug. Aber der Wein floss weiter, ließ ihn nicht zu Wort kommen.

Und die Flasche richtete sich unter dem Jubel der Familie steil auf, der Wein quoll ihm zu den Mundwinkeln hinaus und strömte durch seine Nase.

Und als die Flasche schließlich senkrecht stand, da schob sie ihm die wulstige Öffnung beinahe zärtlich zwischen die Zähne, und als ihre Mutter schrill kreischte »Prost, Prost, Kamerad!«, da richtete sich die kleine junge Frau mit stolz geschwellter Brust auf, holte weit mit der rechten, geballten Faust aus, zielte auf den Flaschenboden und schlug zu, so fest sie konnte.

Ein allerletzter Gedanke durchzuckte Udo Anforts Gehirn, bevor sein Herz für immer aufhörte zu schlagen: Wie hatte diese dusselige Kuh ihm nur von links einschenken können?

Der Warstein-Code

ODER: IM BIER LIEGT DIE WAHRHEIT

Mit Mord haben wir eher seltener zu tun. Einbrüche gibt's ab und zu, einen Banküberfall hatten wir mal, aber das ist schon ... lassen Sie mich nachdenken ... na ja, schon ziemlich lange her. Aber Mord? Ich bin gerade mit meinem Kollegen Stülpkemper auf Streife in Rüthen, als uns der Anruf erreicht. Da hat einer eine tote junge Frau gefunden. So was ist nun wirklich absolut ungewöhnlich. Nicht dass ich nicht mit solchen Dingen umgehen könnte, aber da muss ich mich schon ein bisschen sammeln, damit ich keine Fehler mache.

Wir finden die junge Tote an der beschriebenen Stelle in der Nähe des Leichtathletikplatzes am Schoren im Gebüsch. Erwürgt, wenn Sie mich fragen, aber das muss die Mordkommission aus Soest noch genau rauskriegen.

Stülpkemper erkennt sie gleich wieder, obwohl ihr Gesicht so verzerrt ist, die Lippen blau angelaufen und die Zunge raus.

»Meine Güte, Philipp, das ist ja die Biene«, murmelt Stülpkemper. »Sabine Piontek aus Suttrop. Ganz heißer Feger.«

Ich betrachte beunruhigt die Menschenmenge, die sich mittlerweile um unseren Tatort herum gebildet hat. »Ruhig, Leute. Geht mal lieber nach Hause, Fernseh gucken. Hier gibt's nichts zu sehen.«

Und dann sehe ich, wie eine Gestalt sich zwischen den Leuten durchquetscht und aufgeregt gestikuliert.

»Scheiße«, stöhnt Stülpkemper. »Der hat uns gerade noch gefehlt.«

Holger ›Hoschi‹ Schikorski erreicht das Absperrband, das wir vor wenigen Minuten erst gespannt haben, er versucht, einen Blick auf die Tote zu erhaschen und sagt mit unheilvoller Miene: »Herr Kommissar Floeter, ich möchte eine Aussage machen!«

Hoschi Schikorski ist damals, in der Nacht vom 10. November 1989 in Berlin, als Achtzehnjähriger beim Feiern von der Mauer gefallen. Mit dem Kopf zuerst. Äußerlich hat er keinen Schaden davongetragen, aber in seiner Birne sind damals anscheinend alle Schräubchen durcheinandergeraten. Er lebt allein in einer kleinen Dachwohnung in der Rangestraße und hält sich mit Gelegenheitsjobs über Wasser. In seiner freien Zeit widmet er sich der Katalogisierung von Ufo-Sichtungen, sammelt westeuropäische Verkehrsschilder und ist Fachmann für Verschwörungstheorien aller Art. Erst kürzlich ist im Wochenblatt ein Artikel über ihn erschienen, in dem er behauptet, Uwe Barschel betreibe unerkannt eine Eisdiele in Unna, und in der Badewanne in Genf sei sein Zwillingsbruder ertrunken. Außerdem sei Lady Diana aus dem Weg geschafft worden, weil die Familie von Dodi Al Fayed im Besitz des Bernsteinzimmers sei, und bei der Linken-Politikerin Sahra Wagenknecht handele es sich um einen technisch ausgefeilten Androiden aus Moskau. Zudem ist Schikorski das einzige deutsche Mitglied einer obskuren Religionsgemeinschaft, die den schwedischen König Carl XVI. Gustaf als Gottheit verehrt.

»Sie waren also befreundet, die Biene und Sie?«, frage ich geduldig. Es besteht zwar kein Zweifel daran, dass wir hier unsere Zeit verschwenden, aber dieser Irre würde ohnehin keine Ruhe geben, bis wir uns seinen Quatsch angehört haben. Hoschi lässt den Blick zwischen Stülpkemper und mir hin- und herwandern. Seine kleinen Äuglein zwinkern hinter den Gläsern seiner Hornbrille. »Befreundet, ja.« Er reckt den rechten Zeigefinger in die Höhe. »Aber nur befreundet!«

»Schon klar.«

»Und gestern Abend, da hab ich sie besucht.« Wieder fährt der Finger in die Senkrechte. »Aber nur besucht!«

»Weiter!«

»Weil ihr Laptop eine Macke hat, und mit so was kenne ich mich aus. Da trinken wir ein Bierchen und sie sitzt da und spielt mit ihrer Flasche *Warsteiner* und dann sagt sie plötzlich: ›Das gibt's doch gar nicht!‹« Er reißt dramatisch die Augen auf. Seine Stirn ist jetzt tief zerfurcht. Seine Finger nesteln nervös am Kragen seines giftgrünen Wollpullovers herum. »Da steht doch in der Nummer auf dem Etikett hinten auf der Flasche drauf ihr Geburtsdatum!«

Stülpkempers Blick spricht Bände. »Ihr Geburtsdatum?«

»Exakt ihr Geburtsdatum. Wenn ich's Ihnen sage! Und natürlich noch 'n paar Zahlen mehr. Ein Code, ganz klar! Und – zack – heute ist sie tot!« Er fasst mich am Arm und nähert sein schlecht rasiertes Gesicht dem meinen. »Da ist was im Gange, Herr Kommissar Floeter!«

»Was soll denn da im Gange sein?« Stülpkemper grunzt verächtlich und schickt sich an, Hoschi zu den anderen Schaulustigen zurückzuschieben.

»Jede Bierflasche trägt eine Ziffernfolge! Und jeder Biertrinker, der sein Geburtsdatum auf einer Flasche findet, wird offenbar ganz still und heimlich ...« Er beugt sich wieder vor und senkt die Stimme. »... eliminiert.« Er schielt, weil sich unsere Nasen fast berühren. »Ich weiß noch nicht weshalb, aber ich finde es heraus. Ich hab noch alles herausgefunden!«

Ich hebe wortlos das Flatterband an und ich kann Stülpkemper ansehen, dass er am liebsten seinen Abgang mit einem Arschtritt beschleunigen würde.

Hoschi Schikorski erhebt seine weinerliche Stimme und die Umstehenden starren ihn an. »Die Wahrheit ist irgendwo da draußen!«, ruft er und sein Zeigefinger weist jetzt in die ungefähre Richtung der Brauerei jenseits des Tals.

Meine Frau und ich gehen nicht oft aus. Sie ist nicht besonders gesellig. Ab und zu essen wir etwas in meinem Lieblingslokal, der *Domschänke* in der Warsteiner Altstadt, so wie heute Abend. Wir nehmen unsere Mahlzeit beinahe schweigend zu uns, während ich immer wieder von dem einen oder anderen Gast gegrüßt werde. Mit einigen von ihnen habe ich beruflich zu tun.

»Psst!« Jemand winkt. Heute trägt er eine dunkelblaue Pudelmütze. Jetzt zieht er sie vom Kopf und wedelt damit. Ich lege seufzend mein Besteck zur Seite und sage entschuldigend zu meiner Frau: »Nur einen Moment.« Dann gehe ich zu ihm an die Bar.

Seine Augen zwinkern wieder nervös. »Schon was Neues? Ich meine, in der Sache mit Biene.«

»Das ist Aufgabe der Mordkommission. Haben die Sie auch schon verhört, Herr Schikorski?«

»Klar waren die da, aber die sind gekauft, habe ich den Eindruck. Stecken mit drin, garantiert. Die Biene, die musste sterben, weil sie im Weg war. Da werden Strippen von ganz oben gezogen.«

»Von ganz oben?« Ich deute unsicher mit dem Finger in die Luft über uns. »Von ganz, ganz oben, meinen Sie?«

Er nickt mit geschlossenen Augenlidern. »Von gaaanz oben.«

Ich schüttele resignierend den Kopf und will zurück zum Tisch, als er seine Hand auf meinen Arm legt. »Sie sind kein Freund von Verschwörungstheorien, was?«

»Nicht unbedingt. Im Sauerland hat man selten damit zu tun.«

Er lacht laut auf. Meine Frau wirft einen skeptischen Blick zu uns herüber.

»Ich möchte Sie nicht beunruhigen, Herr Kommissar, aber was glauben Sie wohl, wie viele Sauerländer sich im *World Trade Center* befanden, als am elften September ...«

»Herr Schikorski, ich ...«

»Hoschi. Alle sagen Hoschi. Es waren fünf im ersten Stockwerk und einer in der Etage 110. Zusammen also sechs. Hundertzehn plus eins macht hundertelf. Mal sechs ergibt ... ?«

Auf meinen ratlosen Blick hin gibt er mir die Antwort: »Sechshundertsechsundsechzig. Die Zahl des Teufels!« Seine Augen rollen jetzt hinter den Brillengläsern wild in ihren Höhlen. »Zahlen, Herr Kommissar, Zahlen! Denken Sie an die Zahlen auf den Bierflaschen! Bei Biene ist es aufgefallen, und jetzt werde ich das Geheimnis lüften!«

»Hoschi, ich möchte jetzt in Ruhe zu Ende essen und ...«

Er blickt sich nach allen Seiten um, um zu prüfen, ob niemand uns belauscht. »Ich habe einen Job bei der Brauerei. In der Flaschenabfüllung. Seit gestern.« Auf meinen ratlosen Blick hin wird er konkreter: »Da ist einer krank geworden und ich kam gerade recht. Jetzt bin ich also direkt an der Quelle. Einer namens Mecki arbeitet da, der wohnt in Hirschberg, und der kannte die Biene auch. Er hat mir gesagt, dass da seit einiger Zeit immer ein heimlicher Besucher zu ihr kam.« Er zieht die Luft zwischen den Zähnen ein. »Wenn mir was zustößt, werden Sie schon merken, dass ich recht hatte, Herr Kommissar.«

Ich lasse ihn stehen und gehe zu meiner Frau zurück.

»Was will der Spinner von dir?«

Ich sage matt: »Er ist ein Zeuge.«

Stülpkemper und ich sind zu einem Blechschaden auf dem REWE-Parkplatz gerufen worden. Ein Münchner, der zu blöd zum Einparken war.

Schikorski steht bereits da und wartet auf uns. Er hat sich mit den Ellenbogen auf den Griff seines Einkaufswagens gelehnt und beobachtet uns bei der Arbeit. In dem Wagen sind drei Flaschen Multivitaminsaft, ein Beutel Meerschweinchenheu und eine Chipstüte, die er jetzt öffnet. Gemächlich kaut er Chips und zwinkert uns immer gut gelaunt zu.

»Hör mal, Philipp, sollen wir dem nicht mal die Fresse polieren?«, raunt mir Stülpkemper zu, während er die Personalien der Unfallgegner überprüft.

»Lass den Spinner«, brumme ich. »Wir dürfen uns jetzt nicht verrückt machen lassen. Die Montgolfiade steht bevor, die Stadt ist schon jetzt voller Besucher. In ein paar Tagen wird hier die Hölle los sein.

Als wir fertig sind und den beiden davonrollenden Fahrzeugen hinterherblicken, steht Hoschi Schikorski plötzlich zwischen uns. Er sagt: »Münchner Kennzeichen. M-IB. Hab mir gedacht, dass die irgendwann hier aufkreuzen.«

Wir starren ihn beide an.

Er puhlt sich Chipsreste aus den Zähnen und sagt trocken: »MIB - *Men in Black*. Sind unterwegs, um Augenzeugen von Ufo-Sichtungen mundtot zu machen. Ihr achtet zu wenig auf die Zeichen, Leute. Ich war heute in der Halle mit den Braukesseln. Musste da was abgeben. Riesengroße Schaltzentrale, mit 'ner Million Knöpfchen und lauter Monitoren wie im *Raumschiff Enterprise*. Das glaubt doch kein Mensch, dass das bloß 'ne Brauerei sein soll.« Er grunzt.

Stülpkemper guckt mich an und knirscht mit den Zähnen. Wenn Hoschi so weitermacht, geht mein Kollege ihm an die Gurgel.

»Dieser Mecki aus Hirschberg sagt, die Biene, die hätte plötzlich jeden Monat richtig Kohle gehabt, obwohl sie auf Hartz IV war. Ich vermute: Spitzeldienste für die Chinesen. Oder die Templer. So richtig kriege ich's noch nicht zusammen, aber ich bin auf einer ganz heißen Spur. Wird nicht mehr lange dauern, dann krieg ich wohl auch 'ne Flasche *Warsteiner* mit meinem Geburtsdatum drauf.«

Hoch über uns ist ein Flugzeug zu hören. Wir legen gleichzeitig den Kopf in den Nacken. Die Maschine zieht einen langen Kondensstreifen hinter sich her.

»Chemtrail«, murmelt Hoschi. »Halten alle für Wasserdampf, sind aber chemische Dämpfe. Die wollen uns alle impotent machen.«

Neben mir zuckt Stülpkemper zusammen.

Im Mordfall Sabine Piontek gibt es nichts Neues. Die Mordkommissionsheinis aus Soest lassen jedenfalls nichts raus. Wir sind ja auch nur Kleinstadtbullen, denen erzählt man nichts. Wir haben trotzdem alle Hände voll zu tun. Auf den Wiesen an der Brauerei, vor dem Besucherzentrum, ist schon gewaltiger Auftrieb, die Kirmesbuden sind aufgebaut und die ersten Ballone für die Montgolfiade sind auch schon seit zwei Tagen da. Bisher verläuft alles ruhig, aber das kann sich immer ganz schnell ändern.

Ich werde morgen auch in die Luft gehen, so wie jedes Jahr. Die Berge und Täler des Sauerlandes von oben. Hunderte von bunten Ballonen, vor, neben, über und unter uns. Schön.

Stülpkemper und ich fahren wieder zusammen mit Torsten Sprenger vom Orthopädiehaus in Allagen. Ein schöner *Warsteiner*-Ballon. Ich freue mich schon seit Monaten darauf. Letztes Mal sind wir fast in einer Hochspannungsleitung gelandet, in einem engen Tal, auf einer holprigen, von Kühen beschissenen Weide, direkt neben einem Riesenbaum. Aber Torsten Sprenger hat gesagt, er hätte alles im Griff gehabt: Stempellandung!

Langsam wird es dunkel, und nach einer letzten Runde zu Fuß über das Festgelände mache ich mich auf den Weg nach

Hause. Ich fahre den Brucknerweg hinauf und biege in meine Einfahrt ein, da erfassen die Scheinwerfer meines Wagens eine Gestalt, die vor meinem Garagentor steht und mit ausgebreiteten Händen versucht, das grelle Licht abzuwehren. Hoschi hat eine karierte Hose an.

Jetzt reißt mir der Geduldsfaden. Ich löse meinen Sicherheitsgurt, stoße die Fahrertür auf und springe hinaus.

»Jetzt ist Schluss, Schikorski ...«

»Hoschi!«

»Schluss, verstanden? Das ist mein Zuhause. Ich dulde nicht, dass Sie mich hier aufsuchen und ...«

»Aber ich weiß was Neues, Herr Kommissar. Wegen der Biene! Ich bin jetzt in der Etikettieranlage eingesetzt! Also ganz nah dran! Bingo! Da passiert das mit den Zahlen, glaub ich. Geht natürlich alles viel zu schnell, als dass ich mal Stichproben machen könnte, aber ich bleibe trotzdem am Ball. Ich bin drin! Und soll ich Ihnen noch was sagen, Herr Kommissar?«

»Verschwinden Sie!«

»Der geheimnisvolle Fremde, der ihr regelmäßig Geld gegeben hat, so hat die Biene einer Freundin erzählt, hat es mit ihr angeblich immer auf einem Wanderparkplatz an der Bilsteinhohle gemacht. Auf den Lammfellsitzen in seinem Auto, hat sie erzählt. Die Bilsteinhöhle! Ein Kraftort! Da muss man doch nicht lange nachdenken, um auf Außerirdische zu kommen, oder?«

»Ich schon«, sage ich und packe ihn am Arm. Ich versuche, ihn mit mühsam beherrschter Gewalt von meinem Grundstück auf die Straße zu drängen. »Ich will nichts mehr hören von Außerirdischen und all diesem Quatsch!«

»Aber sie sind unter uns! Sie sind dabei, die Weltherrschaft an sich zu reißen! Meine Güte, seit Erich von Däniken weiß doch jedes Kindergartenkind, dass die Außerirdischen schon vor Tausenden von Jahren hier bei uns ...«

Ich stoße ihn vor mir her. Ich will meinen Feierabend haben, meine Ruhe!

»Der Bilsteinbach!« Er stolpert vor mir her und versucht, sich meinem Griff zu entwinden. »Fließt in den Schorenbach. Der dann in die Weste, die Möhne, dann in die Ruhr, weiter in den Rhein! Dann die Nordsee! Und schließlich: das Bermudadreieck!« Seine Stimme überschlägt sich. »Wollen Sie nicht auch endlich das Geheimnis der verschollenen Schiffe und Flugzeuge lüften, Herr Kommissar? Die Biene muss ganz nahe dran gewesen sein! Gaaaanz nahe!«

Als die Außenbeleuchtung unseres Hauses angeht und die Silhouette meiner Frau hinter dem Glas der Haustür erscheint, wispert er: »Ich suche weiter, Herr Kommissar! Ich gehe bis zum bitteren Ende!« Dann verschwindet er die Straße hinab.

Das Wetter ist fabelhaft! Der Wind wird uns einen wunderbaren Start in den Himmel über dem Sauerland gestatten. Die Thermik ist heute geradezu ideal. Sagen jedenfalls die Thermiker oder wie die heißen. Unser strahlend gelber Ballon richtet sich gemächlich auf. Stülpkemper ist erkältet, will aber nicht auf die Fahrt verzichten. Er schnieft und hustet. Warum muss er auch immer das Fenster runterkurbeln im Streifenwagen. Torsten Sprenger hat gerade einen Telefonanruf von einem Ehrengast der Brauerei bekommen, der auch bei uns mitfahren wollte, der aber schon seit einer knappen Stunde am Kreuz Unna im Stau festhängt. Irgend so ein Schreiberling, ein AUTOR, der über Warstein und die Brauerei eine Krimigeschichte erfinden soll.

Der Erzbischof spricht einen Segen über die Lautsprecheranlage, alle sind bester Laune. Etwas weiter hinten bläht sich der Sandmännchen-Ballon vom MDR auf. Rechts neben uns hat ein Ballon aus der Eifel Schwierigkeiten mit der Flamme. Gleich werden wir in den Korb klettern.

Ich sehe Hoschi erst, als er schon fast unseren Ballon erreicht hat. Er rennt, als ginge es um sein Leben.

»Hilfe«, japst er, als er mich erreicht hat. »Ich habe Ihren Wagen auf dem Parkplatz gesehen. Helfen Sie mir! Sie sind hinter mir her, Herr Kommissar!«

»Ich bin außer Dienst. Wer ist hinter Ihnen her?«

»Na SIE! Ich wollte mich mal in den Büros umsehen, wollte mal gucken, was ich so finde auf ihren Rechnern. Ich bin gut im Passwörterknacken, wissen Sie!«

Tatsächlich nähern sich drei aufgebracht wirkende Männer, die sich suchend zwischen den bunten Ballonen umblicken und sich laute Kommandos zurufen. Werkschutz, kein Zweifel. Sie sehen ziemlich schlecht gelaunt aus.

Hoschi springt vor meinen Augen in unseren Korb. Sprenger kriegt nichts mit, weil er ein paar Schritte entfernt mit dem Handy telefoniert, Stülpkemper hat gerade einen Hustenanfall und wird von unseren Nachbarn aus dem Eifel-Ballon aus Daun mit Bonbons versorgt.

Ich klettere in den Korb zu Hoschi, der sich auf den Boden kauert. »Sie haben versucht, die *Warsteiner*-Computer zu knacken? Sind Sie völlig bescheuert? Was haben Sie denn da gefunden?«

»Nichts. Das dauerte alles viel zu lange. Ich habe die Passwörter eingegeben, mit denen sich meine Freunde schon mal ins Pentagon gehackt haben, aber Fehlanzeige. Illuminaten! Ich bin mittlerweile fest davon überzeugt, dass es die Illuminaten sind, die mit diesen Bierflaschen ...«

»So, mein Freund«, sage ich barsch. »Ich werde Sie jetzt diesen Wachleuten übergeben. Jetzt ist zappenduster!«

Er beginnt zu wimmern. »Ich war so nahe dran! Sie werden

Waterboarding mit mir machen! Schlafentzug, Elektroschocks ... Sie werden mir die Mundwinkel einschneiden – *Glasgow Smile!*«

»Himmelherrgott, das sind Mitarbeiter einer deutschen Brauerei!« Ich versuche, ihn hoch auf die Beine zu zerren.

»Ich bin ganz dicht dran! Der geheimnisvolle Kontaktmann von Biene hat jetzt einen Namen, Herr Kommissar! Ich weiß ihn aus einem Chatroom, in dem sie sich öfter rumgetrieben hat!«

Ich erstarre. Unsere Blicke begegnen sich und bleiben aneinander kleben. Seine Hornbrille sitzt schief auf der Nase.

»Ein Name?«, sage ich leise.

»Na ja, einen Decknamen. Ich hab doch gesagt, ich lass nicht locker!« Er strahlt mich an: »Phil!« Und dann wird er totenblass.

Der Ballon über uns hat sich mittlerweile zu seiner vollen Pracht entfaltet. Ich weiß genau, was zu tun ist. Torsten Sprenger telefoniert, sieht nicht hin, Stülpkemper unterhält sich mit den Eifelern. Als ich die Leinen löse und die Flamme hochdrehe, steigen wir als Erste mit hoher Geschwindigkeit in die Luft. Als Torsten Sprenger das sieht, fällt ihm vor Schreck sein Handy aus der Hand. Stülpkernper schreit mir mit erhobenen Armen irgendwas hinterher, was ich nicht mehr höre.

Unter uns brodelt und rumort es, Tausende von Augenpaaren folgen uns in die Höhe, es gibt einen spöttischen Kommentar über die Lautsprecheranlage.

Hoschi erhebt sich langsam. Jetzt entdecken ihn auch die Wachmänner und hantieren hektisch mit ihren WalkieTalkies herum. Unser Ballon steigt viel schneller als gewöhnlich, normalerweise macht es mir mehr Spaß, langsam nach oben zu gehen, aber heute haben wir im Nu 1.500 Meter erreicht, und ich bin froh.

Hoschi atmet tief durch. »*Phil!* Na klar, das wird ein Hinweis auf das Philadelphia-Experiment sein. Vierzigerjahre.

Eine Magnetfeldsache, mit der man Radaranlagen lahmlegen kann. Sehen Sie endlich, wie alles zusammenhängt?«

»Ich sehe sehr deutlich, wie alles zusammenhängt, du verdammter Idiot«, murmele ich und trete langsam hinter ihn. Er lehnt sich jetzt über den Rand des Korbs und guckt hinunter auf das entschwindende Städtchen, auf das Brauereigelände und auf die anderen Ballone, die jetzt auch zu steigen begonnen haben.

Er schüttelt sich, zieht seinen hässlichen fliederfarbenen Anorak zu und plappert weiter: »Nachdem das Philadelphia-Experiment mit den Radaranlagen missglückt war, haben sie die Magnetstrahlen an Menschen ausprobiert. Macht den Gegner plemplem.« Er tippt sich an die Stirn, ohne sich zu mir umzudrehen. »Die versuchen es mit allen Mitteln. Auch mit Zahlen auf Bierflaschen.«

Während Hoschi wieder bei seinem Lieblingsthema angekommen ist, sammle ich mich, um ja keinen Fehler zu machen. Es muss wie ein Selbstmord aussehen. Er wäre nicht der erste Irre, der sich aus einem Ballonkorb in die Tiefe stürzt. Alle kennen ihn und seine Spinnereien.

Plötzlich dreht er sich um. »Wann ist eigentlich Ihr Geburtstag, Herr Kommissar?«

»29.11.«

»Aha. Ihr Flaschencode wird mit 2911 anfangen. Das Etikett ist garantiert schon gedruckt. Jetzt, wo wir zusammen an diesem Fall arbeiten. Sollen wir uns nicht duzen? Darf ich Philipp sagen, Herr Kommi...«

Ich weiß nicht, was es ist, das ihn in diesem Augenblick erkennen lässt, was nun geschehen wird. Ist es mein entschlossener Gesichtsausdruck? Oder ist es mein Vorname, über den er stolpert? Seine Lippen murmeln etwas, was ich nicht hören kann. Dann sagt er: »Ach du Schande. Sie haben Fellsitze im Auto.«

Ich packe ihn und beuge seinen Oberkörper über die Brüstung.

Er schreit: »Sie also auch! Sie sind auch einer von denen!«

»Nein!«, schreie ich. »Du Bekloppter! Du elender Schwachkopf! Ich bin bloß ein Kleinstadtpolizist, der mal ein bisschen Spaß haben wollte!«

Diese profane Wahrheit will er nicht hören. Sie passt nicht in sein Weltbild von Verschwörungen und extraterrestrischen Wesen.

Und er *kann* sie auch nicht mehr hören, denn er hat noch ein paar Sekunden ungeschickt versucht sich festzuklammern, und dann hat er den Halt verloren, und die Schwerkraft hat ihn unerbittlich in die Tiefe gezogen.

Ich sehe nicht hin, höre nur seinen lang gezogenen Schrei, der leiser und leiser wird. Ich schließe die Augen und fühle, wie ein schneidender Schmerz mitten durch mich hindurchfährt. Ich bin kein Mörder! Das mit Biene ist geschehen, weil sie mich rücksichtslos in die Ecke gedrängt hat. Ebenso wie Holger ›Hoschi‹ Schikorski das getan hat.

Jetzt ist plötzlich alles still. Ich höre nur noch das leise Flüstern des sanften Windes. Sicher bin ich schon in zweitausend Metern Höhe.

Ich werde sagen, dass er mich gezwungen hat, mit ihm zu starten. Jetzt erlaube ich mir einen Blick in die Tiefe. Mit etwas Glück kann ich ihm die Sache mit Biene in die Schuhe schieben.

Kann ich nicht.

Hoschi ist mitten auf dem Sandmännchen-Ballon gelandet und hat die Arme und Beine weit von sich gestreckt. Sicher liegt er sehr weich, so wie auf einem großen Federbett. Er winkt mir zu.

»Glück ab und gut Land«, murmele ich. Dann richte ich mich auf und lasse mir den Wind um die Nase wehen. Hier oben ist alles anders. Man will nie mehr hinunter.

Rechts von mir liegt Meschede, ich habe Bestwig hinter mir gelassen, habe fast schon Ramsbeck erreicht. Die Berge werden jetzt höher, die Täler enger. Der Wind frischt auf, mal sehen, wo ich runterkomme.

Am besten fahre ich so lange, wie das Gas reicht.

Bäuerinnen-Weisheiten

Droht der Himmel grau verhangen,
Ist der Bauer fremdgegangen

Kommt ein kalter Wind von Norden,
wird die Bäu'rin ihn ermorden.

Schneit's am Allerseelentag,
kriegt er 'nen Elektroschlag.

Sind die Kirschen süß und lecker,
Fährt sie drüber mit dem Trecker.

Kommen Schnee und Eis von Osten,
pfählt sie ihn mit einem Pfosten.

Gibt es Lauch und Kohl in Fülle,
kommt der Bauer in die Gülle.

Bringt der Herbst dicke Kastanien,
haut die Bäu'rin ab nach Spanien.

Weißes Gold

Das grelle Licht zwang Mathis, die getönte Brille aufzusetzen. Wenn der Sonntag schon in der Frühe so sonnig begann, wurde es schmerzhaft. Er wurde immer lichtempfindlicher. Patrice hatte ihm geraten, zum Arzt zu gehen. Wahrscheinlich würde es sich nicht ewig aufschieben lassen.

Zwischen der Avenue Michelet, der Rue Charles Schmidt und dem Périphérique kochte die Sonne schon die Gerüche der Stadt zu einem unbeschreiblichen Mief zusammen. Der Flohmarkt war bereits in vollem Gange. In der Rue Marceau hatte es beim Aufbau eine Schlägerei zwischen den Kanaken gegeben und vor dem Laden von Lude war ein Idiot aus der »Creuse« mit seinem Lieferwagen in ein paar teure Glasvasen hineingerollt.

Er trank im »Paul Bert« einen Café Express im Stehen und machte sich auf den Weg. In drei Stunden spätestens würde er seinen Rundgang für eine kurze Mittagspause unterbrechen und würde sein *Hachis Parmentier* essen, so wie jeden Sonntag. Sie hielten ihm einen kleinen Platz an der Säule frei, denn sonst würde er eine Ewigkeit warten müssen: Um die Mittagszeit platzte das Viertel aus allen Nähten und alle hatten gleichzeitig Hunger. Die Dauer seiner Reservierung betrug exakt zehn Minuten, das war die Abmachung. Würde er eine Minute zu spät kommen, würde er warten müssen. Oder hungern.

»Ah, Mathis«, rief der alte Alexis. Es klang weder besonders freundlich noch besonders übellaunig. »Wie lange wird das noch dauern?«

»Am fünfzehnten bestimmt, Alexis.«

»Fünfzehnten was?«

»Am fünfzehnten Juni.«

»Am fünfzehnten, Scheiße! Das war das letzte Mal, verstehst du.« Alexis schien zu träge, um sich richtig aufzuregen. Die Hitze vermutlich.

Mathis machte eine wegwerfende Handbewegung und widmete sich der Auslage des gegenüberliegenden Ladens. Er war nicht der einzige, der bei Alexis in der Kreide stand. Und er war bestimmt einer der pünktlichsten Zahler. Und wenn er am fünfzehnten zahlte, würde Alexis gleich fragen, ob ein neuer kleiner Kredit gebraucht würde. In diesem Viertel arbeiteten hunderte von Halsabschneidern. Große, kleine, sympathische, unsympathische. Sie beschissen Einheimische und zogen Touristen ab, sie handelten mit edlen Antiquitäten und vertickten auf alt getrimmten Ramsch. Sie begaunerten sich gegenseitig und schanzten sich doch hin und wieder die lukrativsten Geschäfte zu. Die Welt des *marché aux puces* in Saint-Ouen war ein buntes, verstaubtes, übel riechendes Karussell, das sich jeden Sonntag von morgens bis abends träge und quietschend drehte. Und er war jedes Mal dabei.

Die alte Sandrine zupfte ihn am Ärmel, als er sich anschickte, rechterhand in die Rue Jules Valles einzubiegen. »Morgen, mein Schöner.«

»Morgen, mein Augenstern.«

»Ich kriege nächste Woche ein paar Teppiche, die könnten dir gefallen.«

»Wieder türkische?«

»Nepal, mein Schätzchen, Nepal. Ich kriege sie aus Marseille, und der Typ, der mir die Fotos gezeigt hat, hat ganz glasige Augen gehabt, so war er verliebt in die Dinger.«

»Warum verkauft er sie dir dann?«

»Weil er in mich noch viel mehr verliebt ist, mein kleiner Affe.« Sie grinste ihn an und ihr borstiges Kinn schob sich frech nach vorne. »Was ist, willst du sie dir angucken?«

Er hatte zweimal Pech mit Teppichen gehabt. Bei dem letzten Deal hatte er beinahe draufgezahlt. Das kam alle paar Jahre einmal vor. So was durfte nicht einreißen.

»Ich gucke sie mir mal an«, versprach er ihr trotzdem. »Und wenn ich keinen nehme, dann schieben wir wenigstens eine schnelle Nummer darauf«, sagte er und kniff sie in den breiten Hintern. Sie lachte schrill auf und versetzte ihm eine kaum ernst gemeinte Ohrfeige.

Als er um die Ecke bog, pfiff er leise vor sich hin. In Gedanken ging er die Liste derer durch, die er für einen schönen Nepalesen interessieren konnte. Fast wäre er mit Hamilton zusammengestoßen. Sie nickten einander kurz zu und bemühten sich beide, schnell weiter zu kommen. Mit Hamilton vermied man besser jeden Umgang. Der Jamaikaner machte dreckige Sachen mit kleinen Jungs, das wusste jeder. Er hatte sich auf Erotika spezialisiert, mit denen er seine Bude in der Rue Farcot bis unters Dach vollgestopft hatte. Mathis hatte ihn einmal K.O. geschlagen, nachdem er ihn dabei überrascht hatte, wie er einen kleinen Türken auf dem Klo vom »Les deux frères« befummelte.

Pascal hatte neue Postkarten. Mit flinken Fingern fächerte Mathis sie durch. Ein paar schöne Sachen. Zwei aus Brest, Zwanzigerjahre. Da wusste er gleich, wer die brauchte.

»Zwei Euro«, sagte er.

Pascals Mundwinkel krochen nach oben und die Zigarette richtete sich steil auf.

»Mehr als zwei Euro kriegst du sowieso nicht.«

»Zehn das Stück.«

»Zehn? Du spinnst! Sechs Euro zusammen.«

»Das ist Vannes im Jahr 1918. Und der Hafen von Quimper, etwa dieselbe Zeit. Sehr rar.«

»Zehn zusammen. Mehr geb ich nicht.«

»Zwölf.«

Mit einem Seufzer kramte Mathis in seiner Hosentasche und fummelte zwölf Euro in Münzen zusammen. »Hier, du Verbrecher.«

Als er die Karten in der Innentasche seiner Jacke verschwinden ließ, versuchte er sich an den Vornamen des Belgiers zu erinnern, der die Bretagne sammelte. Da waren sicher dreißig Euro für ihn drin. Ein kleiner Fang zum Warmwerden. Immerhin hatte er sich schon sein *Hachis Parmentier* verdient. Und gleich bekam er auch schon Hunger. Eine merkwürdige Verkettung, aber so war das fast immer.

Er beschloss, zu dem schwitzenden Glatzkopf zu gehen, dessen Namen keiner kannte. In seinem Hinterhof fand er immer was. Vornehmlich türmten sich dort unglaubliche Mengen an Gerümpel, aber zwischen den rostigen Gartenstühlen, den aufquellenden Kommoden und den gesplitterten Garderobenspiegeln hatte es bislang immer etwas gegeben, das er mit Gewinn hatte weiterverkaufen können. Sein größter Coup war es gewesen, als er dem Kahlköpfigen vor zwei Jahren eine kleine, bronzene Statuette mit marmornem Sockel aus einer Kiste voll Gerümpel für einen Zwanziger abgeschwatzt hatte. Ein Sammler hatte ihm schließlich zweihundert dafür bezahlt, und Mathis hatte an seinem Lächeln erkennen können, dass er locker auch das Doppelte hätte verlangen können. Am darauf folgenden Wochenende war Mathis dann frech wieder beim Glatzkopf aufgetaucht und hatte behauptet, er wolle die Statuette abholen, die er beim letzten Mal habe zurückstellen lassen.

Der fette Kahlkopf hatte in seinem Unrat herumgekramt, hatte selbstverständlich keine Statuette gefunden und hatte lautstark protestiert, als Mathis seine zwanzig Euro zurückverlangte. Als sein Handlanger, der geistig zurückgebliebene Pignolle, bestätigte, er habe gesehen, wie in der Vorwoche ein

Geldschein von Mathis in die Hand des Glatzkopfs gewandert sei, gab das schwitzende Ungetüm schließlich nach und rückte das Geld wieder raus. Seither hatte sich Mathis nicht mehr getraut, die Nummer noch einmal durchzuziehen.

Neben dem »Relais des Broc's« saß auf einem Campingstuhl, angelehnt an einen der Blumenkübel, eine dicke, alte Frau und hatte auf einer grauen Decke zu ihren Füßen ihren Ramsch ausgebreitet. Ein paar Tässchen, zwei Kerzenhalter aus Kristall, billiger Schmuck und ...

Mathis blieb stehen und betrachtete das Angebot intensiver. Seine Technik war in Jahrzehnten erprobt. Kein Interesse zeigen. Er zog das Handy heraus und tat so, als nehme er ein Gespräch an.

»Ja, Patrice? Was gibt's?«

Er hatte etwas entdeckt, das ihn interessierte. Sehr interessierte.

Die Alte hätte mir ihrem Dutt und den dicken Brillengläsern, mit ihren im Schoß ruhenden knotigen Händen, vor der Kulisse der grellbunt mit Graffiti vollgesprühten Wand, ein famoses Objekt für fotografierende Touristen abgegeben.

»Ich bin noch ein, zwei Stündchen hier, und dann mach ich die Fliege. Heute finde ich nichts. Nur Schrott hier heute.« Während er mit seinem imaginären Gesprächspartner plauderte, tippte er geringschätzig mit der Spitze seiner abgetragenen Camel Boots gegen das Objekt seiner Begierde.

Eine kleine Figur, vielleicht zwölf, dreizehn Zentimeter lang, völlig unscheinbar. Ein langgestreckter Tierkörper. Ein Löwe im Sprung. Aus dieser Entfernung war er sich nicht ganz sicher. Es konnte sich als etwas völlig Wertloses entpuppen. Etwas aus Plastik. Der Griff eines Korkenziehers womöglich, keine zehn Cent wert. Und doch sah es für ihn nach echter Schnitzerei aus. Horn? Elfenbein? War es afrikanisch?

»Okay, Patrice. Ich werde gleich noch mein Hachis essen, und dann komm ich rüber. *Salut!*«

Er ließ das Handy wieder in seiner Hosentasche verschwinden und beugte sich betont desinteressiert vor.

Es war Elfenbein. Und zwar kein Mammutelfenbein, soweit er das aus dieser Entfernung erkennen konnte. Nicht der Ersatz, sondern das Weiße Gold selbst!

Dafür hätte er gleich ein Dutzend Interessenten. Echtes Elfenbein war selten geworden, seit die Artenschutzauflagen so hoch waren. Immer wieder tauchte mal was auf, aber die Sammler kauften alles direkt weg.

Wie beiläufig nahm er einen der hässlichen Kristallleuchter in die Hand und legte ihn wieder weg. Sein Finger strich über den schartigen Rand einer hübschen aber wertlosen Mokkatasse. Dann die Schnitzerei.

Sie war kunstvoll ausgeführt, mit fein ziselierten Ornamenten in der Löwenmähne. Kein Gebrauchsgegenstand, sondern ein reines Schmuckstück. Ein kleines Kunstwerk.

Er grinste die Frau jungenhaft an. »Niedlich. Was soll das kosten?« Er hielt es zwischen Zeigefinger und Daumen. Die Alte sollte sehen, dass er nicht mehr als zehn oder zwanzig Euro dafür geben würde.

In ihrem Gesicht regte sich kaum etwas. Sie rückte langsam die Brille gerade und fragte: »Wie viel Sie geben?«

Ganz schlechter Anfang, Mütterchen, dachte Mathis. Die Nummer hatte er schon jetzt gewonnen. Sie hatte einen slawischen Akzent. Sie war keine Händlerin, sondern sie saß hier, weil sie ihre Habe zu Geld machte. Sie war darauf angewiesen, dass sie den Ramsch loswurde. Ein Glücksfall für jemanden wie ihn.

Er betrachtete die Figur von allen Seiten, schob nachdenklich die Unterlippe vor und sagte schließlich: »Fünf Euro?«

Sie schüttelte den Kopf. Langsam und gleichmäßig, wie ein Roboter.

Scheiße, Fehleinschätzung, dachte Mathis. Doch eine Ausgekochte.

Und dann sagte sie: »Müssen geben zehn.«

Bingo! Das Ding war gut und gerne einen Hunderter wert. Er beschloss, nicht weiter zu handeln und richtete sich auf. Das kleine Kunstwerk leuchtete gelblich in der Morgensonne.

Er kramte einen Zehner aus der Tasche und reichte ihn ihr hinüber. Als ihre Finger ihn an seinem äußersten Zipfel berührten, fragte sie: »Sie mögen?«

»Hübsch. Wirklich sehr hübsch. Ich werde es meiner Freundin schenken.«

Mathis dachte: »Von dem Hunderter, den ich dafür kriege, werde ich mir eine Freundin kaufen.«

Sie ließ den Schein wieder los und beugte sich zur Seite. Mathis beobachtete verunsichert, wie sie begann, in einer bauchigen Lederhandtasche zu kramen. Dann förderte sie etwas zutage, was seinen Pulsschlag beschleunigte. Die Plastik, die sie ihm jetzt reichte, war etwas kleiner als die, die er gerade erworben hatte, aber dafür viel filigraner gearbeitet. In feinstem Biedermeier-Stil griffen zwei feingliedrige Hände zum Gruß ineinander. Die Formen waren so glatt, so geschwungen, so perfekt, dass Mathis Mühe hatte, seine Aufregung zu unterdrücken.

Die Alte kramte weiter. »Oder das hier. Ich nicht gerne zeigen.« Sie barg jetzt aus der Handtasche ein weiteres kleines Kunstwerk. Zwei Japaner beim Liebesspiel. Zwei kopulierende, kleine Körper, die nackten Gliedmaßen in Perfektion ausgestaltet, die Zwischenräume aufs Sorgfältigste ausgehöhlt.

»Wollen lieber das für Freundin?« War da etwa der Anflug eines anzüglichen Lächelns auf ihren blauen Lippen?

Er würde es Hamilton anbieten. Der Drecksau würde er hundertfünfzig dafür abknöpfen. Oder mehr! Vorsichtig blickte er nach rechts und links. Beobachtete ihn niemand? Hier kannten ihn alle und sahen gleich, wenn er auf etwas Lohnenswertes gestoßen war.

»Ich nehme alle«, sagte er. »Alle drei ... aber nur, wenn Sie mir einen guten Preis machen.« Er strahlte die Alte an. Sie glotzte ausdruckslos zurück und es störte ihn fast, dass sie es ihm so leicht machte. Kühn sagte er: »Zwanzig für alle.«

Sie schwieg und schien angestrengt nachzudenken. Woher mochte sie kommen? Polen? Tschechien? Ukraine?

Nun mach schon, Oma. Sag dreißig, und ich gebe dir fünfundzwanzig.

»Moment.«

Was jetzt?

Sie reckte den Hals, um an ihm vorbeizusehen und rief: »Jegor!«

Auf der anderen Straßenseite drehte sich ein kleines, verhutzeltes Männlein um und blinzelte zu ihnen herüber.

Sie rief etwas in einer fremden Sprache, und er setzte sich in Bewegung. Mit kleinen Trippelschritten überquerte er den Asphalt und nahm vor seiner Frau Aufstellung wie ein Soldat vor dem Feldherrn. Sie quakte ihm ein paar Sätze zu, während er sich immer wieder zu Mathis wandte und lächelnd nickte.

»Meine Frau sagt, Sie finden Gefallen an Schnitzereien.« Sein Akzent war ebenfalls unüberhörbar, aber sein Satzbau war nicht annähernd so holprig wie der seiner Frau.

Mathis wiegte den Kopf hin und her. »Jaja, ganz nett sind sie. Ich nehme auch alle drei, aber nicht um jeden Preis, wissen Sie?«

Sicher lief es jetzt doch aufs Feilschen hinaus. Der Alte war vermutlich der Mann für die kniffligeren Verhandlungen.

Der kleine Mann nickte wieder. »Ich sage zwanzig.«

Beinahe wäre Mathis der Mund offen stehen geblieben. Er konnte sein Glück nicht fassen. Die beiden Greise hatten ja keine Ahnung, welche Schätze sie ihm mehr oder weniger hinterherwarfen.

»Wir müssen verkaufen. Haben zu viele, verstehen Sie?«

»Sie haben noch mehr?«

Beide nickten. »Zuviel«, brummte die Frau. »Zuviel Figuren, zu wenig Geld.«

Mathis' Blick wanderte über den Stand und die Handtasche. »Aber nicht hier ... «

»Zuhause.« Die Alte begann, die drei Figuren in Zeitungspapier einzuwickeln. »Wollen sehen?«

Mathis zwang sich zur Ruhe. Er wusste, dass die Leute aus dem Osten häufig ihre Habe verscherbelten, um zu Geld zu kommen, das war nichts Neues. Vermutlich waren es Erbstücke; Dinge, die in Russland oder wo auch immer möglicherweise nur einen ideellen Wert hatten. Aber für ihn bedeutete es Kohle, satten Verdienst. Wenn sie noch mehr von dieser Qualität für ihn hatten, würde er gleich ein paar Sammler sehr, sehr glücklich machen können. Alexis würde sein Geld schon morgen zurückbekommen!

»Wohnen Sie weit weg? Ich habe kein Auto.«

»Rue Biron, Monsieur« , sagte der alte Mann. »Gar nicht weit.«

Das war tatsächlich gleich um die Ecke. Nördlich der kleinen Hallen an der Rue des Rosiers verlief die Straße, die nur linkerhand mit Wohnhäusern bebaut war. Eine traurige Gegend. Wer hier hauste, war nicht zu beneiden.

»Wie viele von den Dingern haben Sie denn?«

»Zu viele«, brummte die Frau erneut, und ihr Mann runzelte die Stirn. Er sagte: »Ich hänge daran. Sagt man so? Hänge daran? Meine Frau sagt, es sind zu viele.«

Mathis beschloss, die beiden zu erleichtern und nickte. »Gut. Ich will sie mir ansehen.« Dann reichte er der Frau einen Zwanziger. »Schon mal für die drei hier.«

Sie gab ihm das Knäuel aus Zeitungspapier, in dessen Innerem sich die drei Kostbarkeiten verbargen.

Der Mann trippelte gleich los. Trotz seiner gebeugten Gestalt war er ein wieselflinkes Männlein. Mathis ließ ihn zwei, drei Schritte vorausgehen, um möglichst nicht den Anschein zu erwecken, dass sie zusammen unterwegs waren. Von seiner Goldader sollte vorerst noch niemand erfahren. Damit der Alte nicht das Gefühl hatte, ihn unterhalten zu müssen, hatte er wieder sein Handy gezückt und telefonierte angeblich mit Patrice. Während er vor sich hin plapperte, überlegte er, ob die beiden wohl sonst noch irgendwelche Schätze horteten. Lohnte es sich vielleicht sogar, Claude aus Clichy anzurufen? Mit ihm gemeinsam könnte er bei nächster Gelegenheit die Wohnung ausräumen. Claude war ein verlässlicher Partner, wenn es um solche Sachen ging.

Erst einmal aber musste die Wohnung besichtigt werden. Sie kamen am »Paul Bert« vorbei. Er hatte Hunger, aber sein Hachis konnte ruhig warten. Ein Arme-Leute-Essen. Pah!

Wie ein langer Korridor führte die Rue Biron schnurgerade zwischen den Backsteinmauern der Halle linkerhand und den Wellblechrückseiten des Trödelviertels zur Rechten hindurch. Mathis hatte sein getürktes Telefonat beendet und das Handy weggesteckt. Hier war niemand unterwegs, der sie beobachten würde. Der Trubel des Flohmarkts lag hinter ihnen. Er hatte das Paketchen an einer Ecke aufgerupft und ließ die Finger über die glatte Oberfläche der japanischen Kamasutra-Darstellung gleiten. Das Material war einzigartig. Sein gelblicher Glanz strahlte warm und erhaben.

Mathis spürte, wie ein Glücksgefühl seinen Körper durchflutete.

An die langgestreckte Halle schlossen sich auf der linken Seite abbruchreife Häuser an. Vor einem Gebäude mit rissiger, grüner Sandputzfassade, dessen Erdgeschossfenster zugemauert waren, blieb der Alte stehen und holte einen Schlüsselbund hervor. Die Holztür, die er damit öffnete, hätte man vermutlich mit der bloßen Hand aufbrechen können.

Sie traten in einen muffigen Hausflur ein, und der Alte lächelte entschuldigend. »Ist kein Palast«, sagte er mit belegter Stimme. »Wir wohnen seit vier Monaten hier und hoffen, bald wieder zu können ausziehen.«

Er stieg vor Mathis die knarrende Holztreppe hinauf und fummelte an seinem Schlüsselbund herum. »Ist ein Loch«, sagte er bitter. »Ein richtiges Loch. In Trykratne wir hatten sogar Garten.«

»Und das ist wo?«

»Ukraine.«

Sie hatten den ersten Stock erreicht und der Alte öffnete eine weitereTür.

Dahinter roch es anders als im Treppenhaus. Es duftete nach Sandelholz. Auf dem Boden lagen bunte Teppiche, in den Vasen steckten künstliche Rosen, an den hässlichen Wänden waren die Risse und Flecken halbwegs mit Fotografien, Wandkalendern und kleinen Bildern in kitschigen Goldrahmen verdeckt worden. Ein kleines, abgewetztes Sofa stand gleich beim Fenster, in einem Käfig zwitscherte ein gelber Kanarienvogel und auf einem zerkratzten Tisch stand frisches Obst. Die beiden Alten hatten es sich, so gut es ging, gemütlich gemacht. Aber Mathis hatte nichts übrig für das Idyll, denn seine Aufmerksamkeit galt etwas anderem.

Sie standen in einer kleinen Vitrine. Sie waren auf Regalbrettern aufgereiht und wurden auf einer kleinen Kommode zur Schau gestellt. Sie standen auf der Fensterbank und auf einem kleinen Beistelltisch. Es waren sicher hundert und mehr: Elefanten, winzige Madonnen, Schachfiguren und Brieföffner. Das Prachtstück war ein kleines Kästchen, zusammengesetzt aus vielen zierlichen Einzelteilen. Ein Kunstwerk von unglaublicher Schönheit.

Der Alte kniff den Mund mit verstohlenem Stolz zusammen und folgte Mathis' Blick, der über die Ausstellung wanderte.

»Woher zum Teufel haben Sie die nur alle?«

»Ich habe sie selbst hergestellen. Sagt man hergestellen? Nein, hergestellt.«

»Sie?« Mathis betrachtete ihn ungläubig mit weit geöffneten Augen.

»Ich bin Beinschnitzer. Das war mein Beruf in Heimat.«

»Sie wollen mir wirklich sagen, dass Sie all das hier ... «

Der alte Mann nickte und rückte eine Elefantenfigur in die richtige Position. »Aber meine Frau sagt, ich darf nicht mehr neue machen. Wir haben zu viel. Und das Material ...«

»Aber Sie müssen!«, jubelte Mathis. »Sie müssen weitermachen!«

»Nein, ich darf nicht! Ich bin immer wieder versucht, aber darf nicht sein. Das Material, es ist so schwer zu bekommen ... «

Mathis hatte eine Madonnenfigur ganz dicht vor sein Gesicht geführt und betrachtete sie begeistert. Er würde ein Vermögen mit dem Alten machen! Er würde ihn für sich arbeiten lassen, ganz im Geheimen!

»Haben Sie Ihr Werkzeug noch? Ich meine, haben Sie es mitgebracht aus der Ukraine?«

Der Alte nickte. »Unten im Keller. Es ist alles eingerichtet. Ich muss von Zeit zu Zeit einfach machen ein paar neue Figuren. Verstehen Sie, es steckt in mir drin. Tief in meinem Herzen.«

»Das verstehe ich! Das verstehe ich gut!«

»Aber meine Frau sagt ... «

»Unsinn! Sie sind ein Künstler!«

»Meine Sie?«

»Aber ja doch. Wie Sie dieses Material bearbeiten, das ist beispiellos. Ich habe noch nie solche Kunstfertigkeit gesehen!«

»Ich möchte ja auch ...«

»Sie müssen!«

»Ich muss.« Die Stimme des Alten klang plötzlich rau und brüchig. »Ich muss ... «

»Unbedingt!« Mathis hatte sich unterdessen auf einen der bunten Teppiche gekniet und betrachtete mit glänzenden Augen das kleine Kästchen auf dem Beistelltisch. »Dieses Material! Wo kriegen Sie es her?«

»Es ist schwer zu bekommen, sehr schwer.«

»Es ist kein Horn, keine Tagua-Nuss ... es sieht aus wie echtes Elfenbein.«

»Es ist sehr kostbar.« Der Alte war nach nebenan gegangen, offenbar in die Küche. Mathis vernahm undeutlich metallene Geräusche und das Klappen von Schränken. »Es wird mit Meißeln und Bohrern geformt. Ich noch poliere mit Bimsstein und Scheuerkraut, wie die Alten. Man muss die richtigen Stücke nehmen. Man muss sorgfältig auswählen. Es bleibt so viel übrig. Wie sagt man? Verschnitt.« Der Alte kam zurück. Der Dielenboden knarrte unter seinen Schritten.

Mathis kniete immer noch und öffnete das Kästchen. Da war etwas in seinem Inneren, das ihn stutzen ließ. Zuerst sah es aus wie winzige Kieselsteine, aber als er mit dem Finger hindurchpflügte, erkannte er, worum es sich tatsächlich handelte. Es waren Zähne. Eine ganze Handvoll Zähne.

»Sie haben recht, junger Mann. Meine Frau wird verstehen, dass ich muss«, hörte er die Stimme des Alten jetzt nahe über sich. »Es ist in mir drin. Ich muss.«

Mathis war der festen Überzeugung, dass dies sein Glückstag war. Hier hinter dieser schäbigen Hausfassade verbarg sich eines der wunderbarsten Geheimnisse von St. Ouen. Er drehte den Kopf und sah zu der hinter ihm stehenden, gebeugten Gestalt hinauf.

»Was für ein wunderbares Material!«, sagte er euphorisch.

Der Alte lächelte versonnen und nickte wieder. Erst dann entdeckte Mathis das Beil, das er mit beiden Händen umklammert hielt und im nächsten Moment mit unerwarteter Geschwindigkeit in die Höhe riss.

»Ich muss«, sagte der Alte ächzend.

On the road to Bremen

Donkey fand kein Feuerzeug. Nicht in der Küchenschublade, nicht im Schlafzimmer, nirgends. Das letzte Einwegding, das ihm durch die löchrige Tasche seines abgeschabten Cordjacketts ins Innenfutter gerutscht war, war leer. Er hatte nicht einmal ein Streichholz, um seine letzte Kippe anzuzünden. Er versuchte es am Gasherd. Abgestellt.

Da war nichts zu machen. Wenn er jetzt nicht langsam irgendwo Kohle auftat, konnte er sich gleich in die Kiste legen. Ein Lichtstrahl fiel durch das schmutzige Sprossenfenster, dessen unteres linkes Glasviertel zerborsten und durch graue Pappe ersetzt worden war, auf das Plakat der »Donkey Kong's Honkytonk Combo«.

Er nahm die Mundharmonika vom kaputten Fernseher und ließ sie in die Jacketttasche gleiten, wo sie gleich ins Futter rutschte. Dann blickte er sich noch einmal in der schäbigen Wohnung um, ging hinaus ins Treppenhaus und verschloss die Tür hinter sich, um nie wieder zurückzukehren.

»Ich muss nach Bremen«, sagte er zu Pfanne, dem Wirt seiner Stammkneipe. »Da ist in einem Vorort so ein Talentwettbewerb, da könnte ich vielleicht landen.«

Pfanne grunzte und hielt die Hand auf, bevor er ihm das Bier hinstellte. »Talent suchen die? Und du willst dich melden? Du bist hässlich, kannst nicht tanzen, kriegst kein Strichmännchen aufs Papier. Als was willst Du antreten? Als Kunstfurzer?«

»Ich kann Mundharmonika spielen. Ich war'n Honkytonk-Gott, Pfanne.« Er schob die Finger durch die Löcher im Taschenfutter und fischte ein paar Tabakkrümel, einen Zahnstocher und ein paar Münzen hervor. Als er Pfanne bezahlt hatte, trank er gierig an seinem Bier. »'N wahrer Honkytonk-

Gott. Wenn ich nach Bremen komme, bin ich bald wieder im Geschäft.«

»Nach Bremen«, raunte ein heisere Stimme rechts von ihm. »Zum Talentwettbewerb? Hab ich von gehört.«

Der Mann trug einen zerrupften Pelzmantel und hatte gepiercte Augenbrauen. Pfannes Kaschemme kam immer mehr herunter. Donkey nickte wortlos und trank. Der Typ ließ nicht locker. »Ne Talentshow wär nicht übel. Würd mich auch interessieren. Nimmst du mich mit, Kumpel?«

»Ohne Auto und ohne Kohle für die Bahn komm ich ja selber nicht mal hin.«

»Keine Karre?« Der Typ grinste. »Lass mich mal machen, Kollege.« Dann verschwand er.

»Wer war'n das?«

Pfanne bohrte ausgiebig in der Nase, betrachtete danach interessiert seinen Fund und sagte gedehnt: »Hundt. Herbert Hundt. Kleiner Trickser. Würd ich keine zehn Meter übern Weg trauen.« Es verging keine Viertelstunde, bis Hundt wieder in der Kneipentür auftauchte. »Wir können los, Amigo.« Er klimperte mit einem Schlüsselbund. »Mercedes Cabrio. Gib Gas, bevor es anfängt zu regnen.«

»Das hättest du nicht tun sollen. All das schöne Geld. Das ist viel zuviel für einen«, raunte der Mann im grauen Anzug. »Vor allem für einen wie Dich, so einen talentlosen Proleten.« Er sah aus wie ein Banker, vielleicht war es das, was ihn so gefährlich wirken ließ. Er sah unverdächtig aus, hätte Politiker sein können oder Anlageberater. Die Gläser seiner starken Brille wurden von einem haarfeinen goldenen Draht gehalten, und sein weizenblondes Haar war straff gescheitelt. Zwischendurch steckte er sich immer wieder Drops in den Mund, was besonders unverdächtig aussah – und besonders gefährlich.

In dem kleinen Büro war es dunkel. Sie hatten die Rollos heruntergezogen. An den Pinnwänden hingen Autogrammkarten von Florian Silbereisen, Harry Wijnvoordt und Jenny Elvers-Elbertzhagen. Der Raum lag ebenerdig in einem vergammelten Privathaus aus den Fünfzigern zwischen einem Klärwerk und dem Waldrand. Sie hatten Pieter Dohlen jetzt schon seit anderthalb Stunden in der Mangel. Eine halbe Million war er mittlerweile schuldig, und jetzt hatte er Dreihunderttausend vor ihnen verbergen wollen, und da konnte man schon mal ein bisschen Zeit investieren. Da kam man auf einen ordentlichen Stundenlohn. Sie waren zu dritt. Der Banker machte sich nie die Finger schmutzig, dafür hatte er seine beiden graugesichtigen, schweigsamen Adjutanten, die ebenfalls in dezenter Kleidung operierten.

»Mann, Leutä, der Rest kommt doch auch noch, keine Problemä. Ich hab noch Terminä, und die bringen jede Menge Aschä, und ...« Pieter Dohlen konnte kaum noch aus den Augen gucken, so sehr waren sie zugeschwollen. Am Anfang hatte er noch wortreich und nervös kichernd versucht zu erklären, alles sei ein großes Missverständnis, er habe das Geld erst kürzlich gekriegt und er habe es längst abgeben wollen, aber es habe sich eine günstige Gelegenheit ergeben, noch viel, viel mehr daraus zu machen, aber diese Lügen hatten sie ungewöhnlich schnell aus ihm herausgedroschen. In Wirklichkeit hatte er bereits alles in die Wege geleitet, um sich mit der Kohle zu verkrümeln. Sie hatten Flugtickets für ihn, seine Mama, seine Freundin und seine Sekretärin gefunden.

Auf einen Wink des Bankers nahm ihn einer der grauen Kerle in den Schwitzkasten, und Dohlen rang keuchend nach Luft.

Seelenruhig zählte der Banker das auf dem Tisch ausgebreitete Geld und schob das Bonbon von einer Backe in die andere.

* * *

»Donkey Kong? Wie das Nintendo-Spiel? Nie von gehört. Wo seid ihr denn aufgetreten?« Herbert Hundts Stimme war laut. Er kämpfte gegen den Fahrtwind an.

»Überall. Übers Land, in all den großen Städten. Wir waren die Götter des Honkytonk.«

Der Mercedes schoss über die Landstraße. Pappeln flogen rechts und links vorbei. Über den Feldern ging die Sonne unter.

»Und mit Honkytonk willst du die Jury beeindrucken?«

»Hiermit.« Donkey kramte umständlich die Mundharmonika und einen Fetzen Futterstoff hervor, den der Fahrtwind mit sich riss. Er führte das Instrument an die Lippen und blies hinein.

Als die ersten Töne erklangen, war es plötzlich so, als donnerten sie über den Highway nach Los Angeles.

Sie passierten das nächste Kaff. Hundt nickte anerkennend und trommelte mit der Rechten den Takt zu Donkeys Melodie. »Hey, Mann, Alter! Das ist geile Mucke! Das kommt an, garantiert!«

»Und du? Was kannst du? Womit willst du beim Talentwettbewerb antreten?« Donkey packte sein Musikinstrument weg und entspannte sich. Zum ersten Mal, seit sie losgefahren waren, hatte er das Gefühl, auf dem richtigen Weg zu sein. Die Musik hatte ihm gut getan.

Sie bogen auf die Autobahn ab und beschleunigten. Der Fahrtwind pfiff ihnen um die Ohren. Da wurde plötzlich ein Geräusch laut. Ein blechernes Dengeln schien irgendwo aus dem Motorraum zu kommen. Donkey zog die Stirn kraus. »Was'n das?«, rief er.

»Keine Ahnung, kommt anscheinend vom Motor.« Das Scheppern wurde lauter. Es klang gefährlich.

»Scheiße, da ist was kaputt. Dein Motor fliegt uns um die Ohren.«

Hundt grinste ihn plötzlich breit an. Auf dem linken Schneidezahn hatte er einen kleinen Brilli. »Ist nicht mein Motor. Ist auch nicht mein Auto.«

»Trotzdem ... «

Plötzlich klingelte ein Telefon. Ein altes, längst vergessenes Bimmeln. »Na, klingelt's bei dir, Kumpel?« Hundt zuckte triumphierend mit den Augenbrauen. Das Geräusch kam aus seinem Mund.

»Heilige Scheiße, das klingt ja total echt!«

»Ich mache Geräusche.« Er schmunzelte, blähte die rechte Backe und ließ unvermittelt eine Oldtimerhupe quäken.

Der würde ihm Konkurrenz machen, keine Frage. Trotzdem verspürte Donkey so etwas wie Hochachtung. »Ziemlich geil, ziemlich, ziemlich geil. Und die Karre?«

»Geliehen.« Hundt flatterten die Haare in die Stirn. »Wie die Kreditkarte, mit der wir jetzt erstmal tanken werden, Meister.«

Dann bog er auf eine Raststätte ab.

Während Hundt tankte, studierte Donkey eine Karte, die er im Handschuhfach gefunden hatte. In drei bis vier Stunden konnten sie es bis Bremen schaffen. Er hatte sich die Adresse des Castingbüros auf einen Zettel geschrieben. Pieter Dohlen Entertainment Factory. Dort würde wahrscheinlich niemand mehr im Büro sein. Schlechtes Timing. Trotzdem würden sie es versuchen.

Hundt schwang sich gutgelaunt wieder in den Wagen. »Weiter geht's, Cowboy!«

Der Wagen rollte an. Vor der Raststätten-Toilette stand ein Pärchen und gestikulierte wild. Als sie daran vorbeirollten, holte der Typ weit aus und versetzte der Frau eine Ohrfeige. Ein leuchtend roter Schopf wirbelte herum. Die Frau steckte in einem kurzen, blau glitzernden Kleidchen und hatte ein akzeptables Fahrgestell.

»He!«, rief Donkey empört. »Du Arsch! Lass die Frau in Ruhe!«

Der Angesprochene fuhr herum und starrte sie mit weit geöffneten Augen an. Dann rief er: »Verpisst euch, ihr Pfeifen, sonst polier ich euch eure dämlichen Hackfressen, kapiert!«

Diesen Moment der Unaufmerksamkeit nutzte die Frau und trippelte mit tickenden Pfennigabsätzen auf ihr Auto zu. Im nächsten Augenblick schwang sie sich auf den Rücksitz und schrie:

»Fahrt los! Fahrt verdammt nochmal los, bevor mir dieser Wichser den Hals rumdreht!«

Die beiden wandten sich simultan zu ihr um und starrten in ein verlebtes Gesicht mit bizarr verschmierter Schminke.

»Seid ihr taub, ihr Vollpfosten? Gebt endlich Gas!«

Hundt startete durch, und Donkeys Landkarte flatterte davon.

* * *

»Ich glaube, es geht dem Typen nicht so gut«, stellte einer der beiden Peiniger sachlich fest.

Der andere mit dem kahlen Schädel sagte mit einem Anflug eines osteuropäischen Akzents: »Ich höre keinen Atem mehr.«

Der Mann mit der Goldbrille runzelte überrascht die Stirn. Er griff nach Dohlens schlaffer Rechter, deren Knochen sicher ebenso oft gebrochen waren wie die des restlichen Körpers. Ein Puls war auch bei äußerster Konzentration nicht mehr zu spüren. Er seufzte bedauernd und legte nachdenklich das Kinn auf die Brust.

»Das war nicht gut, meine Herrn. Gar nicht gut. Wie sollen wir das jetzt logistisch am Unaufwändigsten regeln. Hat jemand eine Idee?« Er blickte auf und sah in zwei leere Gesichter. Kraftlos winkte er ab. Fürs Denken wurden die beiden nicht bezahlt. Er neigte dazu, das von Zeit zu Zeit zu vergessen.

Nachdenklich schritt er durch das schummrig beleuchtete Büro und fuhr sich fortwährend mit dem Zeigefinger über die Unterlippe.

»Wir könnten hier alles abfackeln«, versuchte es der Glatzköpfige. Der Banker winkte ab. »Ein Brand erklärt nicht, warum sich seine Knochen in ein sechshundertteiliges Puzzle verwandelt haben.«

Der andere schlug vor: »Wir lösen ihn in Säure auf.«

Auch diese Idee wurde verworfen. »Das hält auf, das bedeutet Schmutz und Geruch. Nein, ich denke, wir werden ihn in Ruhe in den Kofferraum packen, hier alles hübsch saubermachen und ihn begraben. Das klingt altmodisch, aber ich halte es für die praktikabelste Lösung.«

* * *

»Der Typ war mein Zuhälter. Pingo. Kommt aus Portugal und meint, er wär ne ganz große Nummer. So ein Schlappschwanz. Ich bring ihm nicht mehr genug, sagt er. Der kann mich mal. Also, vielmehr, der kann mich ab jetzt nicht mehr!« Die Frau im blauen Glitzerfummel fläzte sich auf dem Rücksitz, hatte einen Taschenspiegel hervorgeholt und hatte begonnen, ihr Gesicht zu restaurieren. »Jahrzehnte lang hab ich die Mäuse rangeholt, hab die Beine breit gemacht bis zum Anschlag und jetzt reicht das alles nicht mehr.«

»Wie heißt du?«, fragte Donkey und polierte seine Mundharmonika.

»Ich bin Pussy. Pussykätzchen. Eigentlich heiße ich Waltraud, aber das will keiner hören.«

Donkey intonierte mit der Mundharmonika *What's New, Pussycat*? Sie fuhren in den Sonnenuntergang, vor den sich langsam aber stetig die Silhouetten der ersten Häuser eines Städtchens schoben.

»Wir rauschen jetzt die letzten paar Kilometerchen mit Schmackes in Richtung Bremen und zeigen den Talentsuchern, wo der Hammer hängt«, erklärte Hundt.

»Zu dritt?« Donkey runzelte skeptisch die Stirn.

»Warum nicht?«, quäkte Pussy. »Ich bin auch voll talentiert! Ich kann schreien.«

»Will ich gar nicht wissen.«

Ohne Luft zu holen, stieß sie einen markerschütternden Schrei aus. Ein langer, melodischer Schrei, dunkel im Anlauf, schrill im Zentrum und nahezu ätherisch im Abgang. Es war ein Hollywoodschrei, der Schrei einer Scream-Queen.

Die Jungs applaudierten begeistert.

Dann kramte Donkey wieder den Zettel hervor und studierte zum soundsovielten Male die Adresse. Ein Vorort von Bremen. Er hatte den Namen vorhin auf einem Hinweisschild entdeckt. Es wurde langsam dämmrig. Er bedeutete Hundt, rechts ran zu fahren, und sie hielten an einer Bushaltestelle, an der ein alter Tattergreis auf der Bank saß und die Hände über dem Gehstock zusammengefaltet hatte.

»He, Opa, kennst du dich hier aus?«, rief Hundt.

Der Alte erhob sich mühsam und schlurfte zur Beifahrertür.

»Hier solltet ihr nicht bleiben«, sagte er mit heiserer Stimme, in die sich ein überdeutlicher italienischer Akzent offenbarte. »Isse ssslechte Stadt, ssslechte Leute. Fahren in nächste Stadt.«

Donkey hielt ihm den Zettel hin. »Ist das weit?«

»Viertelstunde. Nehmt miss mit?« Aus der Nähe konnte man sehen, dass er die Augenbrauen und das kleine Bärtchen über seiner Oberlippe schwarz getuscht hatte.

»Geh ins Bett Opa«, sagte Hundt amüsiert. »Alte Leutchen wie du sollten sich nicht mehr so spät auf der Straße rumtreiben.«

Der Alte beugte sich zu Donkey hinunter und sagte mit angstvoll geweiteten Augen: »Iss bin getürmt aus die Altenheim. Wenn iss bleibe da bei die andere Alte, iss muss sterben!« Seine Haare waren ihm mit Frisiercreme in die Stirn gekleistert.

»Pass mal auf, das ist so: Wir würden dich ja mitnehmen, aber wir sind beruflich unterwegs, weißt du. Ein Talentwettbewerb.«

Das runzlige Gesicht des Alten hellte sich auf. »Talentwettbewerb?«, krähte er fröhlich. »Talentwettbewerb?« Schwungvoll lehnte er den Stock an die Karosserie des Wagens, begann mit den Fingern zu schnippen, hüpfte auf und ab und ließ ratternd die Schuhsohlen über die grauen Gehwegplatten tanzen. Seine Hüften kreisten, seine Beine machten weit ausholende Bewegungen, es klickerte und klackerte, und er präsentierte den drei staunenden Zuschauern den schmissigsten Stepptanz, den sie je live gesehen hatten.

Am Ende jubelten sie, und Donkey rief: »Komm mit, Pomadenopa! Etwas Besseres als den Tod findest Du überall!«

Sie verfrachteten den Alten auf den Rücksitz, wo er sich Pussycat mit einem formvollendeten Handkuss und den Worten »Miss alle nennen Papa Gallo!« vorstellte.

Hundt hupte ein paar Mal übermütig und fuhr mit einem Ruck an.

* * *

Pieter Dohlen war in einen Teppich gerollt worden. Sie hatten ein Mikrofonkabel herumgewickelt, so dass er aussah wie eine Roulade. Der Banker kontrollierte noch einmal, ob alles clean war. Fingerabdrücke oder andere Hinweise auf ihre Anwesenheit konnten sie sich nicht erlauben. Die Polizei war ihnen in letzter Zeit ein paar Mal gefährlich nahe gekommen, und das mit dem Schmieren schien seit Neuestem auch irgendwie aus der Mode gekommen zu sein. Alles schien sich verschworen zu haben, ihnen ihren Job so schwer wie möglich zu machen. Selbst großmäulige Impresarios.

Der Kahlköpfige hatte sich in der Mikrowelle im Nebenraum eine Tütensuppe heiß gemacht, und der Banker herrschte ihn an: »Dafür haben wir jetzt keine Zeit! Wir müssen diesen Mann hier fortschaffen und das Haus verlassen! Sieh zu, dass du sofort diesen Fraß verdrückst, und dann ziehen wir ab! Wo ist dein Kollege?«

Von nebenan kam der Zweite. Er hatte einen Kopfhörer auf, trällerte lauthals einen undefinierbaren Song. »Roland Kaiser oder so!«, schrie er. »Super Stimmungsmusik, Chef! Auch mal hören?« Der Angesprochene zog seine Brille aus, kniff die Augen zu und knetete die Nasenwurzel mit zwei Fingern. Das, was er von sich gab, hörte sich an wie ein leises Wimmern.

Die Sonne war mittlerweile untergegangen.

»Meine Fresse, ich habe verdammt nochmal Hunger«, maulte Pussycat, deren Rechte mechanisch Papa Gallos Halsbeuge kraulte.

»Gleiss wir sin da. Isse an Waldrand.«

»Da vorne ist es, Folks«, sagte Hundt und lenkte den

Wagen auf einen kleinen Parkplatz, auf dem bereits ein Mercedes parkte.

»Ist aber alles dunkel«, murmelte Hundt. »Sieht so aus, als wären wir zu spät. Kann man hier in der Nähe irgendwo pennen, Opa Gallo?«

»In Ort gib Gaststätte. Da gib es auk ein paar Ssimmer, wo wir können billig ssslafen.« Er strahlte seine Sitznachbarin an. »Wir ssparen Geld wenn wir sslafen ssusammen in eine Zimma.«

Sie lachte heiser und kniff ihm ins Ohrläppchen. »Ich spare vielleicht Kohle, Opa, aber du musst ordentlich löhnen, wenn ich mit dir in den Kahn klettere.«

Donkey entzündete ein Feuerzeug, verglich noch einmal die große metallene Hausnummer des vergammelten Gebäudes mit der auf seinem Zettel und stieg aus. Langsam näherte er sich der Eingangstür. Dort stand auf einem Schild in grellgrünen Buchstaben Pieter Dohlen Entertainment Factory. Er nickte nachdenklich. Immerhin bis hierher hatten sie es geschafft. Er sah auf die Uhr. Viertel nach acht. Fr nahm seinen Mut zusammen und klingelte. Doch so sehr er auch in die Stille hineinlauschte, nichts tat sich hinter der Milchglastür. Für einen Moment ließ er den Blick unschlüssig über die verwitterte Fassade und den verwilderten Vorgarten streifen und spürte, wie Zweifel in ihm aufstiegen. War das die goldene Zukunft? Wartete hier ein erfolgreicher Producer auf sie, der sie in seiner Talentshow zu Stars machen konnte? Donkey gab sich einen Ruck und zog seine Mundharmonika hervor. Jetzt würden sie auch den Rest schaffen.

* * *

Der Banker und der Glatzkopf starrten sich mit schreckgeweiteten Augen an, als die Türglocke läutete. Der Dritte tanzte immer noch mit verzückt geschlossenen Augen rhythmisch zwischen den Büromöbeln herum.

»Pssst!« Der Glatzkopf riss ihm den Kopfhörer vom Kopf und hielt ihm auch gleich den Mund zu, als er lauthals protestieren wollte. Dann horchten sie zu dritt in die Stille, den Blick starr auf das Teppichbündel zu ihren Füßen gerichtet.

Und dann erklang etwas, das ihnen augenblicklich das Blut in den Adern gefrieren ließ. Eine Mundharmonika. Die zähen, metallischen Sequenzen von *Spiel mir das Lied vom Tod* krochen durch das gekippte Bürofenster zu ihnen hinein und ließen ihnen die Haare zu Berge stehen.

Der Banker verlor die Contenance. »Verflucht, meine Herren! Garantiert die Sizilianos aus Bremerhaven! Woher wissen die, dass wir hier sind?« Allein die Ankündigung dieser ominösen Vereinigung reichte, um den bei den anderen das schiere Entsetzen ins Gesicht zu malen.

Der Glatzköpfige grabschte nach dem Geld, und in diesem Moment erschien ein Gesicht zwischen den Lamellen des Rollos. Er ließ die Scheine wieder fallen, und sie zückten gleichzeitig ihre Knarren. Der erste Schuss des Bankers zersprengte das Glas, und der Schatten verschwand.

* * *

Als der Knall ertönte, warf sich Donkey instinktiv zur Seite und prallte hart auf den gepflasterten Boden. Hundt tat in diesem Moment etwas ganz und gar Unglaubliches, etwas, was er sich später nicht mehr erklären konnte. Seine Finger verkrampften sich in panischer Starre um das Lenkrad, und er ließ laut und dröhnend eine Polizeisirene ertönen.

Pussy, die nicht nur eine große Oberweite, sondern auch ein

großes Herz ihr Eigen nannte, schrie: »Tu doch was!«, schwang sich impulsiv aus dem Cabrio und trippelte mit ihren mörderisch hohen Hacken zu dem am Boden liegenden Donkey hin. »Bist du okay, Schätzchen? Haben sie dich erwischt?«

***

»Das sind die Bullen, ich fasse es nicht!« Der Banker stieß die beiden Männer zu dem am Boden liegenden Leichnam hin und kommandierte: »Die Bullen! Die Bullen! Sie dürfen den Toten nicht finden!«

»Also doch Feuer?«, freute sich der Glatzköpfige und zückte bereits ein Feuerzeug.

»Säure?« Der andere wollte den toten Pieter Dohlen schon wieder ausrollen.

»Nein, nein!« Der Banker massierte wieder seine Nasenwurzel. Er stieß mit seiner Zungenspitze das Bonbon zwischen den Zähnen hin und her, dass es laut klackerte. »Es gibt nur eine Möglichkeit. Wir wagen einen Ausfall.« Er rückte seine Brille gerade, zurrte den Knoten seiner Krawatte zurecht und sagte tonlos: »Jetzt sofort.« Dann schlug er dem Glatzköpfigen, der bereits wieder nach dem Geld grabschte, auf die Hand und zischte: »Lass die Kohle. Der Tote muss weg! Du nimmst ihn am oberen Ende und du am unteren, und wir stürmen raus, sobald ich rufe: Banzai!«

»Was ist Banzai?«, fragte der Andere.

Der Glatzkopf dachte angestrengt nach und sagte gedehnt: »Banzai, also das ist ...«

»Banzai!«, rief der Banker und riss die Bürotür auf.

***

Es waren drei. Zwei von ihnen trugen im Laufschritt eine unförmige Teppichrolle, die schwer wie Blei zu sein schien und keuchten heftig. Ein dritter hielt eine Pistole im Anschlag und drehte sich hektisch um die eigene Achse, während sie auf ihr Fahrzeug zustolperten.

Pussy stieß einen Schrei aus. Einen grellen, durchdringenden Schrei, der mehrfach an und abschwoll. Ein Schrei, der Filmgeschichte hätte machen können, ein Schrei von dem noch Generationen sagen würden: Das war der Schrei der Schreie!

Hundt saß immer noch in Schockstarre hinterm Lenkrad und ließ das Martinshorn dröhnen. Pussys schrilles Kreischen hatte den Glatzköpfigen augenblicklich aus dem Tritt gebracht, und er ließ sein Ende der Teppichrolle fallen und stürzte zu dem Mercedes hin. Der Andere zerrte seine Last trotzdem tapfer alleine voran, und das Ende des Teppichs mit Pieter Dohlens Kopf darin polterte dumpf über Pflaster, Rinnstein und Asphalt.

»Wer seid ihr, verdammte Scheiße, wer seid ihr?«, schrie der Banker ungewöhnlich unbeherrscht und richtete den Lauf seiner Pistole mit einem Mal auf Hundt. »Die aus Bremerhaven? Kostümierte Bullen? Oder wer denn, verdammt nochmal?«

Und nun schlug Papa Gallos große Stunde. Mit einem Satz war das alte Männlein aus dem Fond des Wagens gesprungen, hatte seinen Krückstock ein paar Mal wie ein Samuraischwert über seinem pomadierten Schädel kreisen lassen, machte ein paar Flicflacs auf den Banker zu und trat ihm mit einem höchst eleganten Schwung, der Fred Astaire im Grab vor Neid hätte Karussell fahren lassen, die Pistole aus der Hand. Sie flog hoch durch die Luft und landete irgendwo im Gebüsch.

Fassungslos starrte der Banker ein paar Augenblicke auf seine leere Hand, dann fluchte er etwas Unverständliches und warf sich zu seinen Gehilfen in den Wagen, dessen Motor augenblicklich aufheulte. Die Scheinwerfer flammten auf, und mit quietschenden Reifen schoss der Wagen los und verschwand in der Nacht, wobei das Kopfende der Teppichrolle noch bis zur nächsten Wegkehre aus der Seitentür baumelte und über den Asphalt holperte.

Dann wurde es sehr still.

Pussy half Donkey auf die Beine, und während er sich mit seinen Händen an ihrer Hüfte festklammerte, spürte er, dass sie sich für ihr Alter noch erfreulich griffig anfühlte. Papa Gallo kam fröhlich auf sie zugesteppt und sagte krächzend: »Isse eine wunderbare Abenteua mit euss!«

Und Hundt, der es endlich zuwege gebracht hatte, dem Auto zu entsteigen, kam auf sie zu, hatte den Kopf gesenkt und imitierte das hektische Ticken eines Geigerzählers. Ab und zu bückte er sich und las etwas vom Weg auf, der zum Haus führte.

»Was ist das?«, fragte Donkey unbeteiligt, während er sein Cordjackett abklopfte.

»Hunnis«, murmelte Hundt. »Ihr glaubt's nicht, peoples, aber das sind lauter echte, schöne Hunnis.«

Und sie folgten der Spur der Hunderteuroscheine und fanden schließlich im Büro der Pieter Dohlen Entertainment Factory noch einen ganzen Haufen davon. Neben vier Tickets für einen Überseeflug.

Eins war so gut wie sicher: Sie würden noch ganz groß rauskommen!

Pink

Otto hatte ein nahezu freundschaftliches Verhältnis zu Müll. Alles, was bei ihm landete, so philosophierte er sich das zusammen, hatte ausgedient, hatte seine Zeit gehabt, ging den Weg, den Pflanzen, Tiere, Menschen, den die ganze Erde irgendwann einmal gehen würde, verschwand für immer von der Bildfläche. Er organisierte den Abschied, das Hinübergleiten in eine andere Dimension.

Dieser letzte Akt der Verwandlung wurde zumeist von Fäulnisgasen, Schimmel und Bakterien begleitet. Alles war braun, grau, grünlich, zerfleddert, zersplittert, alles stank. Otto hatte damit kein Problem. Dazu war er schon viel zu lange auf der Mülldeponie beschäftigt. Sein Arbeitsplatz lag in einer großen Halle, in der Hausmüll und Sperrmüll angeliefert wurden. Die großen LKWs kamen und kippten ihre Fracht ab, Privatleute lieferten in Kombis und mit Anhängern die Dinge an, die für sie unbrauchbar und wertlos geworden waren.

Hier in der Umladestation wurde alles für den Weitertransport zur Müllverbrennungsanlage in Bonn vorbereitet. Auf der Deponie selbst wurde schon seit vielen Jahren kein neuer Müll mehr eingelagert.

Er teilte sich seinen Arbeitsplatz mit Bogdan, einem kleinen dicken Polen aus Mechernich, und dann war da noch Edu, der manchmal in der Kompostanlage und an anderen Plätzen auf dem riesigen Areal eingesetzt wurde. Das waren seine Lieblingskollegen. Insgesamt arbeiteten auf der Deponie um die vierzig Leute. Seit mehr als zehn Jahren war Ottos Leben ein gemächlicher Spaziergang, begleitet vom verlässlichen Wechsel der Jahreszeiten. Sein regelmäßiger Schnupfen im Februar war noch das Aufregendste, was er Jahr für Jahr erlebte. Er lebte allein in einer Dreiundsechzig-Quadratmeter-Wohnung in Keldenich. Seine Eltern waren schon lange tot, und andere Verwandtschaft gab es nicht.

Und dann kam eines Tages Luise.

Sie fuhr mit einem kleinen, blassrosa Corsa vor, blickte sich ein bisschen verloren um, so, als sei sie sich nicht ganz sicher, ob sie hier an der Halle richtig war und zurrte sich einen violetten Pullover auf ihrem fülligen Körper zurecht. Der Frühlingswind zerzauste ihr weizenblondes Haar, an dessen Wurzeln das nachwachsende Mittelbraun erkennbar war. Sie öffnete den Kofferraum und bückte sich hinein. Ihr pralles Hinterteil in der pinkfarbenen Leggins leuchtete Otto geradezu entgegen. Seine Hände krampften sich um den Stiel des Besens, mit dem er gerade noch die verstreuten Reste der letzten Lieferung zusammengekehrt hatte.

Luise Binzenbach! Seine erste große Liebe. Der Auftakt einer schier endlosen Reihe unerfüllter Träume und unerhörter Liebesschwüre. Von Luise hatte er damals seinen ersten Kuss bekommen. Und es war auch gleichzeitig sein letzter gewesen. Der letzte, der wirklich zählte. Sicher, auf der Kirmes hatte er mal hinterm Zelt geknutscht, und auf der Weihnachtsfeier war mal was gewesen mit seiner Kollegin Sonja, und sein Herz hatte er auch ein paar Mal verloren, aber das waren nur flüchtige Verirrungen gewesen.

Vielleicht lag es am lauen Frühlingswind, am würzigmodrigen Geruch, den die ersten Gartenabfälle des Jahres von der Kompostieranlage herunterschickten. Jetzt und hier, als ihm Luise plötzlich nach all den Jahren wieder gegenüber stand, da wusste er, dass alles vorherbestimmt war, dass er sich zu Recht für Luise aufgespart hatte.

»Luise«, hauchte er und ließ den Besen fallen.

»Otto«, sagte sie lächelnd und hielt verlegen einen Karton vor ihrer üppigen Brust.

Bogdan guckte neugierig von seinem Bagger zu ihnen herüber.

»Wie lange haben wir uns nicht mehr gesehen?«, fragte Otto.

Sie seufzte kurz auf und ließ seinen Blick nicht los. »Ein halbes Leben oder so.«

Otto nahm ihr den Karton ab, und sie erklärte zögernd: »Kram von meinem Ex. Ich muss langsam ein bisschen ausmisten. Hat sich ganz schön bei mir breit gemacht, der Typ.«

Ottos Herz vollführte einen Salto. Sie hatte einen Ex!

Es waren drei Kisten. Otto tat betont desinteressiert. Aus den Augenwinkeln heraus erkannte er ein paar Schallplatten, Modellrennautos, Cowboystiefel. Aha, so einer. Kein Wunder, dass sie ihm den Laufpass gegeben hatte. Er war nicht so einer.

Ihr molliger Körper, ihr blumiges Parfüm, ihre bonbonfarbene Erscheinung raubten Otto schier die Sinne.

Als er wenig später sagte: »Ich habe gleich Mittagspause. Sollen wir ein Häppchen essen gehen?«, zögerte sie keinen Augenblick. Das »Ja« von ihren vollen, pinkfarben geschminkten Lippen klang für Otto wie Vogelgezwitscher.

Sie trafen sich vor der Anlage in der »Schlemmerpfanne«, einem Imbiss in der Nähe des Haupteingangs der Deponie. Otto kriegte kaum einen Bissen runter, aber Luise verputzte mit Genuss ihre Portion, die für zwei gereicht hätte. Zwischendurch plauderten sie über längst vergangene Schulzeiten.

»Die Doris Welterscheid, die hat den René Scholzen geheiratet und wohnt jetzt in Antweiler«, wusste Otto zu berichten. »René hat bei einem Unfall in seiner Firma drei Finger verloren.«

»Der Andy Dirksen, weißt du noch, dieser Riesen-Schlägertyp …« Um Luises Mundwinkel zuckte es.

»Andy Dirksen, meine Güte, ja. Das war ein fieser Typ. Was ist aus dem geworden?«

»Wohnt bei mir in der Nachbarschaft. Ist aber jetzt im Knast, weil er in Zülpich einen Eisverkäufer halbtot geschlagen hat, der ihn als schwul bezeichnet hat.« Sie zuckte plötzlich zusammen. »Du bist doch nicht etwa…«

»Schwul? Ich?« Er winkte vehement ab. »Das Gegenteil. Also, ich bin total das Gegenteil von … schwul!«

Sie seufzte erleichtert auf und kaute weiter.

»Was ist mit deinem Ex?«, schnitt Otto mutig ein heikles Thema an. »Wo ist der jetzt?«

»Hat ne Neue aus Lückerath. Und die hat vier Kinder von vier Typen. Muss ich noch mehr sagen?«

»Und jetzt lebst du ganz allein in …«

»Roggendorf. Gleich an der Landstraße. Nummer 44.«

»Roggendorf, gleich hier um die Ecke. Dass wir uns nie begegnet sind.«

»Sind wir doch.« Sie legte für einen Moment ihre Gabel weg, und ihre kurzen, beringten Finger berührten zärtlich seine Hand. Ihr Lächeln war wie Honig. »Endlich«, hauchte sie.

»Und wo arbeitest du?«

»Bei einer Spedition in Kall. Und jetzt hab ich Urlaub.« Ihr Blick wurde traurig. »Morgen fliege ich für zwei Wochen nach Mallorca. Mit meiner Freundin Irene.«

»Keine Sorge, wenn du zurückkommst, werde ich auf dich warten.«

»Echt?«

»Echt.«

Sie seufzte wieder.

Es gab noch ein Dessert. Ottos Finger spielten mit dem Ärmel ihres violetten Pullis. »Du magst so Farben, was?«

Sie nickte eifrig. »Rosa, Pink, Lila … Ich liebe das. Mein Leben hat bis jetzt viel zu wenig Farbe gehabt. Jetzt fange ich nochmal ganz neu an. Ab jetzt wird alles ganz, ganz, ganz, ganz schön werden! Auch meine Wohnung, alles!«

Otto lächelte selig, weil er wusste, dass er zu ihrem neuen Leben dazu gehören würde.

Vor der »Schlemmerpfanne« gab sie ihm einen scheuen Kuss auf die stoppelige Wange und brauste mit ihrem Corsa davon. Otto kehrte pfeifend zu seinem Müll zurück.

Am Abend war er dann noch ein paar Mal an ihrem Haus vorbeigefahren. Es war eins der vier großen Mehrfamilienhäuser an der Roggendorfer Durchfahrtsstraße. Ihr Auto war nirgends zu sehen. Vermutlich parkte es bereits bei ihrer Freundin oder auf dem Köln-Bonner Flughafenparkplatz.

Zuhause trank er gut gelaunt eine Flasche Bier und inspizierte seinen Kleiderschrank. Eindeutig zuwenig Rosa. Natürlich konnte er nicht von jetzt an in pinkfarbenen Klamotten durch die Gegend laufen, aber sicher gab es da doch auch was Entsprechendes für den kernigen Hetero. Er würde gleich am Samstag einen Einkaufsbummel in Euskirchen machen.

Am nächsten Tag ereignete sich etwas, das ihm sogleich wie ein Wink des Schicksals erschien. Ein großer LKW kam mit dem Sperrmüll von der Schleidener Tour rein, und Rudi, der ältere der beiden Fahrer, zeigte ihm stolz ein kleines, rosafarbenes Schränkchen, das er vor der Presse des Fahrzeugs gerettet und sicher im Führerhaus geborgen hatte. »Hier, guck mal, is nix dran. Is wie neu. Bring ich meinem Töchterchen mit. Die fährt voll auf Prinzessin Lillifee ab, oder wie dat Dingen heißt.«

Rechtlich war das Beiseiteschaffen von Sperrmüll nicht ganz einwandfrei, aber von Zeit zu Zeit wurde es geduldet, dass jemand etwas vor dem Flammentod in der Müllverbrennung rettete.

Otto ließ aufgeregt die Zungenspitze über die Lippen tanzen und strich mit der Hand über die seidige, rosafarbene Holzoberfläche. »Verkaufst du mir das?«

»Is für meine Kleine.«

»Wieviel?«

»Zwanzig.«

»Ist gebongt.« Otto fischte einen Zwanziger aus seinem Portemonnaie und nahm strahlend das Schränkchen entgegen.

Heppi, der Beifahrer sagte eifrig: »Wir haben auch nen lila Flokati hinten drin. Wenn du auf sowat stehst …«

Als sie abgekippt hatten, barg Otto jubelnd den Flokati, der den Transport schadlos überstanden hatte. Das würde Luise gefallen. Damit würde er sie endgültig rumkriegen!

Seine Kollegen warfen sich hinter seinem Rücken skeptische Blicke zu. »S-c-h-w-u-l?«, formulierten Rudis Lippen lautlos. Bogdan schüttelte den Kopf und murmelte: »Neue Freundin. Sieht aus wie Bonbon.«

In der Mittagspause suchte Otto seinen Kollegen Edu auf, der zu dieser Zeit meistens an dem kleinen Teich zu finden war, in dem das geklärte Sickerwasser gesammelt wurde. Hier stand Edu häufig und fütterte mit Inbrunst die kleinen Goldfische, die in Scharen angeschwommen kamen, sobald sie seine dunkle Stimme hörten.

»Edu, du musst mir helfen. Ich brauche deine Garage.«

Edu war kein Mann großer Worte. »Geht klar.«

»Nur für ein paar Tage. Und, Edu, du musst für mich ein Schloss knacken.«

»Geht auch klar.«

Solche Dinge konnten Edu nicht aus der Fassung bringen. Ihn ängstigte vielmehr die Vorstellung, der Fischreiher könnte mal wieder für einen kleinen Snack den Teich ansteuern. Seine trüben Augen suchten den Himmel ab.

»Weißt du, ich habe gestern Abend im Fernsehen diese Sendung gesehen. Da dekoriert eine dicke Frau heimlich die Wohnung von völlig ahnungslosen Leuten um. Die haben sich gefreut, Mann!«

Edu grunzte nur und streute erneut eine Ladung Fischfutter ins Wasser.

»Gibt es Goldfische eigentlich auch in pink?«, fragte Otto nachdenklich.

Schon bald wusste es jeder Fahrer und jeder Kollege auf der Kippe. Einrichtungs- und Dekorationsgegenstände in rosa, lila, pink, in flieder, coral oder violett wurden zu Otto gebracht. Täglich transportierte er Vasen, Bilderrahmen, Kommödchen, Gipsfiguren, Perlenvorhänge, Teppiche, Kerzenleuchter, Vorhangstoffe, Lämpchen, Blumentöpfe oder Spiegel ab und verstaute sie in Edus Garage.

Bogdan sortierte Farbsprays und Lackeimer in den entsprechenden Farbtönen für ihn aus dem Sondermüll aus. Otto hatte nämlich damit begonnen, auch kleinere Möbelstücke, die wegen besonders geschwungener Formen für einen betont fraulichen Haushalt geeignet schienen, aber in den falschen Farben lackiert waren, abzutransportieren. In Edus Garage schliff und spachtelte er bis spät in die Nacht, und verwandelte sie alle in kleine pinkfarbene Kunstwerke.

Dann kam der große Spiegel, der zu Bruch ging. Zuerst hatte es ein großes Lamento gegeben, weil Bogdan das gute Stück auf dem Gewissen hatte, aber dann hatte Otto eine glänzende Idee gehabt. Er zertrümmerte die verbliebenen, größeren Teile so lange, bis nur noch tausend kleine, glitzernde Steinchen übrig blieben. Mit Heißkleber und Pattex verzierte er am Abend die Möbel, und da ihm gefiel, was er fabriziert hatte, hielt er fortan auch Ausschau nach kleinen Federchen, Perlen und Muscheln.

Dann kam der Tag, den Otto für seinen Kollegen Edu und sein Werkzeug vorgesehen hatte.

»Es muss ruhig und besonnen über die Bühne gehen«, beschwor Otto seine Kumpels Edu und Bogdan, als sie den Lieferwagen vor dem Haus an der Roggendorfer Landstraße parkten. Es war ihnen fast so, als stünde ein Banküberfall bevor.

»Also, alles wie abgesprochen, Jungs«, kommandierte Otto. »Alles wird in die Umzugskartons gepackt. Bogdan, du kümmerst dich um das Badezimmer, den Kosmetikkram, Edu, du knöpfst dir die Klamotten vor, und ich erledige den Rest.« Die beiden Angesprochenen nickten. Sie rauchten noch eine Zigarette, und dann zogen sie los.

Das Schloss der Wohnung im ersten Stock war für Edu, wie erwartet, kein Problem. Nach etwa einer Stunde hatten sie alle transportablen Gegenstände in Kartons verpackt und hatten diese im Wohnzimmer zu einer Pyramide gestapelt. Otto fand sich während seiner Arbeit von Minute zu Minute mehr in seinem Vorhaben bestätigt. Luises Wohnung war unpersönlich eingerichtet, nahezu lieblos. Sie hatte ihm erzählt, dass sie die meisten Möbel aus dem Haushalt ihrer verstorbenen Eltern übernommen hatte. Otto fand auch weitere Cowboystiefel, eine Lederjacke, Hantel und Expander von ihrem Ex. All diese Dinger pfefferte er nun mit Genuss in den Lieferwagen. Drei weitere Stunden benötigten sie, um die Möbel aus der Wohnung zu schaffen. Von Zeit zu Zeit begegneten sie Nachbarn im Treppenhaus, die sie verunsichert musterten. Otto zeigte ein strahlendes Lächeln, das signalisieren sollte, dass alles in bester Ordnung war. Er würde Luises Nachbarn schon noch alle kennen lernen. Sein Plan führte geradewegs ins Herz seiner Angebeteten.

Als die Möbel auf dem Lieferwagen verstaut waren, schickte Otto seine Freunde los. »Wie besprochen, Jungs. Alles in die Presse, und dann ab nach Bonn!«

Er würde hier bleiben. Zusammen mit einigen Eimern Farbe, mit Schleifpapier und Terpentin, mit Pinseln und Lammfellwalzen. Den Farbtönen, die er angerührt hatte, hatte er neue Namen gegeben. Sie gehörten allesamt zur Kollektion »Luise« und hießen »Lippenrot«, »Lidschattenviolett« oder »Schenkelrosa«.

Zuerst schliff er die furnierte Oberfläche der Einbauküche an und grundierte danach fachmännisch alle Schränke und die Arbeitsplatte.

Dann widmete er sich dem Wohnzimmer. Rund um den Turm aus Kartons breitete er Folie aus und versah die Wände mit einem tiefvioletten Anstrich. Die Fußleisten und die Türrahmen setzte er blassrosa ab.

Mittlerweile war es zehn Uhr am Abend, und er beschloss, dass es für diesen Tag genug war.

Am nächsten Tag kehrte er zeitig zurück. Alles roch nach frischer Farbe, Feuchtigkeit hing in der Luft. Das Sonnenlicht drang durch die beschlagenen Scheiben und ließ die rosafarbenen Fußleisten aufleuchten. Ein erhabenes Gefühl. So musste es der dicken Frau aus dem Fernsehen gehen, die die fremden Wohnungen verschönerte!

Jetzt konnte er auch die Küchenzeile lackieren. Pink. Um die Griffe herum malte er Kränze aus kleinen, violetten Herzchen. Dann strich er das Schlafzimmer »Schenkelrosa« und zog auf der Stirnwand die Fototapete auf, die ihm Rudi verkauft hatte. Ein überdimensionales Prinzessin-Lillifee-Motiv, das eigentlich seine Tochter zum Geburtstag hätte kriegen sollen.

Um zwei kamen die Jungs mit dem LKW. An den staunenden Hausbewohnern vorbei schleppten sie eine rosafarbene Schrankwand, ein pinkfarbenes, rundes Plüschbett und eine Couchgarnitur mit Herzchenmuster in die Wohnung.

Edu und Bogdan verrichteten ihre Arbeit ohne viele Worte. Jeder räumte wieder die Kartons aus, die er auch eingepackt hatte, wobei Otto die Order gab, die Überbleibsel von Luises Ex zu entsorgen. Da kam ganz hübsch was zusammen. Vier Kartons wanderten ins Auto und gingen den Weg allen Mülls.

Am Abend war alles fertig. Die lilafarbenen Frotteevorhänge hingen, die violetten Flokatiteppiche waren ausgelegt, die Blumen mit den üppigen rosa Blüten standen in blümerant gemusterten Übertöpfen im ganzen Raum verteilt.

Otto war zufrieden. Und als er sich umsah und anerkennend nickte und seine Kollegen fragte: »Und, Jungs? Runde Sache, oder?«, da nickten auch diese zaghaft und murmelten etwas wie »Schön rosa« und »Ziemlich violett« und verabschiedeten sich.

Jetzt würde er noch das I-Tüpfelchen hinzufügen, und dann würde alles perfekt sein. Er holte den Plakatkarton hervor und begann, die Buchstaben auszuschneiden. W, I, L, L, K, O, M, M …

Als Luise den Wagen vor dem großen Mehrfamilienhaus abstellte, gähnte sie herzhaft. Das war ein doofer Urlaub gewesen. Ihre Freundin war eine elende Nervensäge und hatte nichts als Kerle im Kopf gehabt. Blöde Schnepfe.

Otto hatte ihr ein paar Mal gesimst. Sie freute sich sehr darauf, ihn wiederzusehen. Erst gestern hatte er ihr eine Überraschung versprochen. Was hatte sich der kleine Kerl nur einfallen lassen?

Seufzend barg sie ihren fliederfarbenen Hartschalenkoffer aus dem Heck ihres Autos und schloss die Haustür auf. Als sie erschöpft die Treppenstufen zu ihrer Wohnung hinauf stapfte, schnüffelte sie verunsichert. Es roch nach frischer Farbe. Und nach Deo. Oder Raumspray. Oder einem aufdringlichen Parfüm. Oder allem zusammen. Als sie auf ihrem Treppenabsatz ankam, hatte sie das Gefühl, hier sei der Geruch besonders stark. Zaghaft steckte sie den Schlüssel ins Schloss ihrer Wohunungstür und öffnete.

Als sie das Licht einschaltete und den Kopf in die Wohnung steckte, spürte sie einen Anflug von Enttäuschung. Alles war beim Alten. Die Garderobe von ihren Eltern. Die ausgetretenen Turnschuhe von ihrem Ex. Im Wohnzimmer Tristesse und abgestandene Luft. In der Küche Langeweile und der Geruch von saurer Milch. Und im Schlafzimmer?

Im Schlafzimmer ließ sie sich seufzend auf das Bett fallen und schlief schon wenige Minuten später ein.

Andy Dirksen hätte dem Taxifahrer am liebsten eine reingehauen. Er würde sowieso am liebsten allen eine reinhauen, die ihn anguckten. Er hatte einen perfekten Body, war mit Muskeln bepackt und braungebrannt, er hatte pechschwarzes Haar und stahlblaue Augen, aber er konnte es einfach nicht vertragen, wenn diese Schwuletten ihn anstarrten. Oder sogar anfassten!

Im Knast hatte es doch tatsächlich einer versucht. In der Dusche. Dem hatte er seine Seife zu fressen gegeben und hatte ihm dann die Arme verknotet. Das hatte ihm zwar weitere drei Monate eingebracht, aber das war es ihm wert gewesen. Wenn ihn diese Fummeltrinen nicht in Ruhe ließen, würde er sie alle platt machen. Er war nicht schwul, verdammt nochmal! Und jeder, der das behauptete, war ein toter Mann!

Er wunderte sich kaum über den komischen Geruch im Treppenhaus. Kam vermutlich von der Wohnung gegenüber. Luise, seine alte Klassenkameradin, das speckige rosa Ferkelchen. Deren Ex hatte auch mal so eine blöde Bemerkung über ihn gemacht, den hätte er auch fast zusammengeschlagen.

Als er seine Wohnungstür aufstieß und seinen Rucksack in den Flur wuchtete, wunderte er sich, dass das Licht bereits brannte.

Wer hatte denn da eine rosa Birne reingedreht? Was war mit den Wänden passiert? Welches Arschloch hatte einen Perlenvorhang in die … Woher kamen die Scheißblumen … Das Sofa, verdammte Scheiße! Herzchen! Was hatte das hier zu … meterhohe Flamingofiguren! Poster mit pinkfarbenen Pierrots! Seifenblasen! Ein lila Schmetterlingsmobile!

Und dann verengte sich sein Blick auf die Schlafzimmertür, und als er, die Fäuste ballend, durch das blassrosa Rechteck aus Holz stürmte, prallte er gegen einen weiteren Albtraum aus Pink. Prinzessin Lillifee strahlte ihn an, alles war voller künstlicher Vögel im rosafarbenen Federkleid, voller violetter Makramee-Hängeampeln und riesiger aufblasbarer Herzen.

Otto stand auf einer Leiter und befestigte gerade den letzten Buchstaben über dem runden Bett. »Willkommen zurück, süßer Schatz!«, war dort zu lesen.

»Oh, du bist schon zurück«, murmelte Otto mit hochrotem Kopf, und als er erkannte, dass dort im Türrahmen sein früherer Klassenkamerad erschien und nicht seine Angebetete, sagte er unsicher:»Andy?« Und er sagte das so gedehnt und so melodiös, dass es sich beinahe ein bisschen schwuchtelig anhörte.

Mit einem gellenden Schrei sprang Andy über das Bett und riss den ratlosen Eindringling von der Stehleiter herunter. Er fand einen großen, violetten Kerzenständer und holte weit aus. Jetzt hatten sie ihn soweit! Jetzt hatten sie ihn endlich da, wo sie ihn immer hinhaben wollten! Und das Blut, das Otto aus der Nase und aus dem berstenden Schädel schoss, war dunkelrot und verteilte sich in allen Himmelsrichtungen.

In ein paar Tagen, wenn es in das Frottee und den Plüsch eingezogen war, würde es deutlich blasser werden. Es würde beinahe rosa sein, und es würde wunderbar zu dem Rest der Einrichtung passen.

Es werde Licht

Mein Mann Erhard war eigentlich kein Mensch der Extreme. Viele hätten ihn sogar eher als langweilig bezeichnet. Er hat jahrzehntelang seinen Beruf als Kassierer in einem Kaufhaus in Köln gewissenhaft und ohne vermeidbare Aufregungen ausgeübt. Seine Pensionierung ging ohne großes Aufsehen vonstatten. Wir traten danach eine Reise in den Süden an, die wir beide sehr genossen, und in denen er hunderte von Dias schoss, die wir dann im Spätsommer dem gesamten Bekanntenkreis bei Grillwürstchen und Sangria präsentierten. Im Herbst setzte er einen alten Traum in die Tat um und hob einen kleinen Teich aus, den er im Frühjahr mit Goldfischen füllen und dessen Ränder er üppig bepflanzen wollte. Mit Erhard, so konnte ich mir vorstellen, würde es ein angenehmer Lebensabend werden.

Aber die Tage wurden irgendwann kürzer, und die herannahende dunkle Zeit veränderte meinen Mann. Es kam ganz schleichend, und es begann damit, dass er eines Abends die schummrigen Glühbirnen in unseren Deckenlampen gegen hellere, leistungsstärkere austauschte. Er begründete dies mit dem Wunsch nach mehr Licht. Damals zitierte er noch schmunzelnd Goethe und seine letzten Worte. Damals machte ich mir noch keine Sorgen.

Wenig später bemerkte ich eines Morgens, dass er über Nacht das Licht in mehreren Wohnräumen über Nacht hatte brennen lassen. Dieses Erlebnis ließ mich in tiefes Grübeln verfallen, da er dies in den kommenden Nächten sogar wiederholte. Als ich eines Tages feststellen musste, dass er nun auch noch dazu übergegangen war, das Licht auf dem Dachboden und die Neonröhre im Keller dauerhaft leuchten zu lassen, sprach ich ihn schließlich darauf an. Wir mussten miteinander reden, da führte kein Weg daran vorbei. Aber Erhard war anderer Meinung, und ich beobachtete verunsichert den verächtlichen Zug um seinen Mund, als er mir entgegenhielt, mich habe wohl am Ende eine Art Geiz von gepackt. Er brauche eben Licht, so sagte er kategorisch, mit einem knurrenden Unterton und öffnete den Kühlschrank, dessen kleines Lämpchen bizarre Schatten in sein Gesicht malte.

In Erhard ging etwas vor sich, das ich nicht verstehen konnte. Und dies war lange noch nicht das Ende. Als wir eines Tages bei unserem Einkaufsbummel an dem ersten Regal mit Weihnachtslichterketten vorbeikamen, trat ein geradezu wollüstiges Funkeln in seine Augen, als er die Pappkartons musterte. Zwanziger, Fünfziger, Achtziger, Hunderter und Zweihunderter Ketten wurden von ihm befingert, begutachtet und in den Händen gewogen. Er lächelte wie irr. Und kaufte vier Ketten. Zweihunderter. Als wir an diesem Abend mit dem Auto an unserem strahlend hell erleuchteten Haus, aus dessen sämtlichen Fenstern das Licht aller verfügbaren Lampen und Laternen quoll, anhielten, und als wir das Auto dann in die bereits hell erleuchtete Garage rollen ließen, hatten wir kein Wort miteinander gesprochen. Ich hatte während der Fahrt nur das unablässige Mahlen seiner Wangenknochen und das wilde Glühen in seinen Augen beobachtet. Wortlos machte er sich im Folgenden daran, die Lichterketten an die Fassade zu drapieren. Erst gegen ein Uhr nachts fiel er dann ermattet neben mir ins Bett. Ich brauche wohl kaum zu erwähnen, dass ich seit Wochen mit einer Maske schlief, weil selbst im Schlafzimmer das Deckenlicht nicht mehr gelöscht werden durfte.

Am nächsten Morgen fuhr er gleich wieder zum Baumarkt. Die vier Lichterketten des Vortags hatte er allein an der Straßenfront des Hauses verbraucht. Der Rest des Hauses schrie geradezu nach Illumination. Was er zwei Stunden später dann alles aus dem Kofferraum seines Opel auslud, wollte ich nicht sehen. Er war zwei volle Tage damit beschäftigt, unser Haus mit einem dichten Netz aus Birnchen und Kabeln regelrecht einzuspinnen.

Ich sah immer öfter die Nachbarschaft an unserem Gartenzaun stehen, und selbst durchfahrende Autos bremsten mittlerweile häufig ab. Die gelbliche Aura, die unser gesamtes Haus umfing, konnte man schon vom Nachbardorf deutlich erkennen. Erhard saß oft im Dunkeln auf der kleinen Bank vor unserem Gartenhäuschen und betrachtete die glitzernden Lichter. So lange, bis der Frost ihm in den Schnurrbartspitzen hing. Er war regelrecht süchtig nach Licht geworden.

Gegen Anfang Dezember dann wurden die Lichterketten bereits verbilligt in den Baumärkten angeboten. Dies war für Erhard Grund genug, erneut auf Beutezug zu gehen. Mehrmals fuhr er die Baumärkte unserer Stadt ab und plünderte trotz der günstigen Preise unser Konto in bedenklichem Maß. Jede Frage meinerseits erstickte er im Keim, und wann immer ich anhob, ihn auf den Irrsinn seiner Beleuchtungsorgie anzusprechen, blitzen mich seine Augen böse an, und ich sah, wie seine Hand zuckte. Es bestand kein Zweifel daran, dass er sie gegen mich erheben würde, wenn es ihm nötig erschien. Er war zu einem Getriebenen geworden.

Dann kam der verhängnisvolle Tag, an dem er schon früh morgens damit begonnen hatte, Lichterketten an sämtliche Latten unseres Gartenzaums zu tackern. Ich hörte ihn in der frostig klaren Winterluft keuchen und ächzen. Wo immer er hantierte, stiegen kleine Dampfwölkchen auf, so sehr arbeitete er sich in Hitze. Er umspannte die Rankgitter der Rosen, so dass die dürren Zweige aufleuchteten, als habe man sie mit Gold überzogen. Er wob die Vogelhäuschen in ein Netz aus Licht, so dass die Meisenknödel erstrahlten und sich die Vögel nur noch sehr zögernd ihrer illuminierten Futterstelle näherten. Er werkelte ohne Unterlass bis in die Dunkelheit, legte Licht um Wasserfass und Sonnenuhr, bestrahlte jedes noch so kleine Bäumchen und jeden Strauch, spannte, lockerte, arrangierte neu, ließ die kleinen Lichtpunkte um sich her durch die frostige Nachtluft tanzen und fluchte, so wie ich es nie zuvor von ihm gehört hatte. Noch gegen zehn Uhr hörte ich seine Beschimpfungen durch die Nacht hallen. Vom Wohnzimmerfenster aus konnte ich schemenhaft seine Gestalt sehen, die am Rande des Teiches mit der letzten Lichterkette kämpfte. Erhard hatte sich verheddert. Er fuchtelte mit den Armen und den Beinen. Schnee stob auf, die Lämpchen tanzten wie ein Schwarm betrunkener Glühwürmchen um ihn herum. Dann verlor er mit einem Mal den Halt, kippte rücklings in den Teich, es krachte laut, als er durch die Eisdecke brach, und sein Fluchen ging in ein Gurgeln über und erstarb schließlich völlig. Für einige Sekunden flackerten nervös alle tausend und abertausend Lichter im und um unser Haus, aber dann hatte sich die Stromsituation stabilisiert. Erst eine Stunde später traute ich mich, nach Erhard zu sehen. Das war vor zwei Wochen.

Heute ist Silvesternacht. Da bekommt Erhards leuchtendes Gesamtkunstwerk bunte Konkurrenz am Himmel. Er kann es sich in aller Ruhe vom Garten aus anschauen. Erhard lehnt steif gefroren an der Rückseite des Gartenhäuschens, umwickelt von der warm leuchtenden letzten Lichterkette, die ihm zum Verhängnis geworden ist. Im Neuen Jahr soll es Tauwetter geben. Da werde ich mir wohl was anderes für ihn einfallen lassen müssen.

Was ich sehe ...

EINE WEIHNACHTSGESCHICHTE IN 24 ABSÄTZEN

1

Draußen wirbeln Flocken durch die Luft, die Temperaturen sind gefallen, und es ist zum ersten Mal seit vielen Jahren eine Weiße Weihnacht. Die Dunkelheit ist hereingebrochen, und überall erstrahlen die Weihnachtsbäume im Lichterglanz.

2

Ich halte den Atem an. Das Bild, das sich mir bietet ist bizarr. Ein Idyll, das sich in ein wahres Schreckensszenario verwandelt hat. Die Beleuchtung ist schummrig. Trotzdem erkenne ich alles. Ein Mann, der am Boden neben einem Toten kniet.

3

Ich erkenne den leblosen Körper vor dem Weihnachtsbaum, den schlaffen Mund unter dem akkurat gestutzten Schnurrbart, die schreckensstarr aufgerissenen Augen, das graue Haar, das ihm in die Stirn fällt.

4

Die ausgestreckte, leblose Hand liegt mitten in der Weihnachtskrippe. Sie ist zwischen die Schäfchen und die Schäfer gefallen, zwei Schafe sind zur Seite gekullert, das pausbäckige Gesicht eines Hirtenjungen liegt gleich neben dem Perlmutt-Manschettenknopf.

5

Auf dem blass gemusterten Hemd wächst langsam ein roter Fleck. Der Lichterglanz des Weihnachtsbaums lässt das Geschehen beinahe feierlich erscheinen. Aus den Lautsprechern singt ein Knabenchor »Still, still, still«.

6

Es gibt Blutspritzer auf den Geschenkpaketen. Im Raum hängt noch der Duft der gebratenen Gans. Die Splitter des Tellers, auf der sie ins Wohnzimmer getragen werden sollte, liegen auf den Küchenfliesen. Der Braten ist nicht zu sehen.

7

Von meiner Position aus kann ich einen Teil der Küche erkennen. Dort ist ebenfalls Blut. Mehr Blut. Es sickert aus der Wunde der toten Frau, die halb im Durchgang zur Küche liegt. Ihre Brille ist ihr von der Nase gerutscht.

8

Sie trägt eine festliche Bluse mit Rüschen. Ihr silbernes Haar ist frisch onduliert und hat einen zarten, violetten Glanz. Ihre linke Hand hat sie im Todeskampf auf ihren Magen gepresst, und das Blut ist zwischen ihren Fingern hervorgequollen.

9

Der am Boden kniende Mann hält ein Messer in der Hand. Es ist das Messer, mit dem die Gans hätte geteilt werden sollen.

Es scheint extra für diesen Abend besonders scharf geschliffen worden zu sein.

10

Er wirkt nicht nervös, aber er atmet schwer. Die beiden Menschen zu töten, hat ihn offenbar viel Kraft gekostet, obwohl sie schon älter waren. Auch er ist verletzt. Eine Wunde zeichnet sich undeutlich auf seinem T-Shirt unter der Jeansjacke ab.

11

Es sieht aus wie ein Einschuss. Er greift nach der Wunde, scheint Schmerzen zu haben. In seinem Gesicht spannen sich die Muskeln. Er ist kein schöner Mann, aber ein interessanter, südländischer Typ.

12

Im Hintergrund sehe ich die Gardine der Terrassentür, die den Gesang des Knabenchors mit einem sanften Tanz begleitet. Sie ist halb zur Seite geschoben. Der Mann hat sich vom Garten her ins Haus geschlichen.

13

Erst kaum wahrnehmbar, dann immer deutlicher ist ein grellblaues Flackern zu erkennen, das sich auf dem schmalen Streifen schneebedeckter Landschaft abzeichnet, den ich von hier aus erkennen kann.

14

Motorengeräusche werden laut. Es sind mehrere Fahrzeuge. Man hört sie bremsen, Autotüren werden aufgestoßen und wieder zugeschlagen. Die Polizei hat das Haus erreicht. Irgendjemand muss gesehen haben, wie er eingestiegen ist.

15

Die Weihnachtsmusik bricht ab, die CD ist am Ende angekommen. Den Mann mit dem Messer hat seine Flucht in dieses Haus geführt. Wird es ihm nun zur Falle? Kann er durch die Wohnungstür ins Treppenhaus fliehen?

16

Stimmen werden laut. Eine bellende Männerstimme erschallt, ungewöhnlich laut, verstärkt von einem Megaphon. »Kommen Sie raus!«, ruft die Stimme. »Sie haben keine Chance.« Die Worte zerreißen die Stille des Heiligabends.

17

Hinter den Gärten gehen Lichter an. Neugierige sind aus ihrer Festtagsstimmung gerissen worden. Auch das kann ich von hier aus erkennen. Silhouetten von Menschen erscheinen in Fenstern und Türöffnungen.

18

Der Mann tötet jeden, der sich ihm in den Weg stellt. Sein

Blick ist grimmig und entschlossen. Hier in dieser Wohnung hat er zwei Menschen umgebracht. Sie haben ihm nichts getan, sie waren ihm nur im Weg.

19

Die Türglocke läutet Sturm. Es ist ein altmodisches Schrillen. Lautes, unregelmäßiges Hämmern gesellt sich dazu. Viele harte Fausthiebe trommeln gegen das Türblatt. Es ist nun überhaupt nicht mehr »Still, still, still«.

20

Der Mann erhebt sich langsam, greift wieder nach seiner Schusswunde. Sein Blick ist starr und unbarmherzig. Er steht einen Moment lang langsam schwankend neben dem Toten und blickt zu mir herüber.

21

In seiner rechten Hand ist immer noch das Messer. Die lange, scharfe Klinge zeigt in meine Richtung. Im Kerzenschein sind Schlieren von Blut darauf erkennbar. Der Mann macht den ersten, unsicheren Schritt nach vorne.

22

Jetzt wird es still. Das Hämmern hat aufgehört. Offenbar werden im Hintergrund die Kräfte gebündelt, um die Wohnung zu stürmen. Als der Mann auf mich zukommt, streift er einen Zweig des Weihnachtsbaums.

23

Eine violette Kugel fällt zu Boden und zersplittert. Der Mann kümmert sich nicht darum. Er kommt auf mich zu. Seine Wangenknochen malmen, seine Nasenflügel zittern. Die Knöchel der Hand, die das Messer umfasst hält, werden weiß.

24

Er kommt näher und näher. Ich erkenne kleine rote Adern in seinen Augäpfeln. Das Messer verschwindet aus meinem Gesichtsfeld, unsere Nasenspitzen berühren einander. Dann lässt sein heißer Atem das Glas des Spiegels beschlagen.